Buch

Nach ihrem Buch über erfolgreiche Partnersuche wendet sich die Autorin im vorliegenden Band nun dem Arbeitsleben und der Berufswahl zu. Ausgehend von der Überzeugung, daß vor der Wahl des Berufes innere Klarheit über die persönlichen Voraussetzungen gewonnen werden muß, legt Jan Kennedy in sieben Schritten dar, wie man in einem Prozeß der Selbstprüfung die Tätigkeitsfelder eingrenzen kann, die zu einem passen. Die Energie für diese Schritte geht aus von dem Planeten Mars. Er steht für das männliche Prinzip, für Kraft und Erfolg.

Im Rahmen eines Aufbauprogramms kann man lernen, die Kraft des Marsfaktors für die eigene Entwicklung zum erfolgreichen Menschen zu nutzen. Unterstützt wird dies durch individuelle astrologische Berechnungen. Positives Denken hilft, negative Prägungen zu überwinden und bislang ungeahnte Energien freizusetzen.

Autorin

Jan Kennedy studierte Psychologie am Lewis & Clark College in Oregon und arbeitete im Anschluß mehr als zwanzig Jahre als psychologische Beraterin und Astrologin. In den USA ist Jan Kennedy durch zahlreiche Radio- und Fernsehauftritte bekannt.

Im Goldmann Verlag liegt außerdem vor:

Der Venus-Faktor – Liebe und Astrologie (13531)

JAN KENNEDY
DER MARS FAKTOR

Erfolg und Astrologie

*Sieben Schritte zu
Kreativität und Leistung*

Aus dem Amerikanischen
übertragen von
Astrid Werner

GOLDMANN VERLAG

Der Goldmann Verlag
ist ein Unternehmen der Verlagsgruppe Bertelsmann

Made in Germany · 2/91 · 1. Auflage
© 1991 by Jan Kennedy
© der deutschsprachigen Ausgabe 1991
by Wilhelm Goldmann Verlag, München
Umschlaggestaltung: Design Team München
Satz: Uhl + Massopust, Aalen
Druck: Elsnerdruck, Berlin
Verlagsnummer: 13574
Redaktion: Thomas May
DvW · Herstellung: Peter Papenbrok
ISBN 3-442-13574-5

Inhaltsverzeichnis

Anmerkung der Autorin 7
Vorwort 9

Erster Schritt: Wie Sie Ihre Lebensziele finden 11

Warum arbeiten Sie? 11
Was wäre, wenn Geld keine Rolle spielte? 12
Was bräuchten Sie, damit Ihr Leben befriedigend wird? 13
Welche Lebensziele haben Sie? 15
Was ist der Sinn des Lebens? 16
Was ist der Unterschied zwischen Karriere und Job? 18
Was ist Erfolg? 19
Warum glauben Sie, etwas mit Ihrem Leben anfangen zu müssen? 20

Zweiter Schritt: Wie Sie Ihr berufliches Umfeld wählen 22

Was ist ein berufliches Umfeld? 22
Gleiches zieht Gleiches an 23
Mit wem spielen Sie gerne? 25
Das Sonnenzeichen und Ihre Interessengebiete 26

Dritter Schritt: Wie Sie Ihre eigenen Fähigkeiten und Talente erkennen 36

Berufliche Umfelder und Funktionen 36
Das Marszeichen und Ihre Fähigkeiten 37
Was haben Sie bisher gemacht? 46
Wofür wurden Sie von anderen gelobt? 48
Wofür wurden Sie von anderen kritisiert? 49

Vierter Schritt: Wie Sie Ihren bevorzugten Arbeitsstil ermitteln 52

Die vier Arbeitsstile 52
Mars in einem festen Zeichen 53
Mars in einem kardinalen Zeichen 56
Mars in einem veränderlichen Zeichen 57

Fünfter Schritt: Wie Sie den idealen Job finden 62

Lebensziele 62
Interessen 65
Fähigkeiten 67
Arbeitsstil 67
Die Faustregel umsetzen 68
Die beruflichen Möglichkeiten gewichten 70
Geld hat Vorrang? 71

Sechster Schritt: Wie Sie sich auf den Markt bringen 73

Arbeit als Lösung für ein Problem 73
Marktforschung 74
Warum werden Jobs geschaffen? 76
Für wen sind Sie eine Lösung? 77
Der Wert des Lebenslaufs 78
Wie Sie eine Stelle schaffen 79

Siebter Schritt: Wie Sie sich gut verkaufen 82

Die Kontaktaufnahme 82
Wie Sie es schaffen, daß sich Ihr Arbeitgeber wohl fühlt 85
Wie Sie Ihrem Arbeitgeber helfen, Sie einzustellen 86

Worte der Inspiration 91

Marstabellen 93

Anmerkung der Autorin

Das Universum erlaubt uns, daß wir unsere Überzeugungen Wirklichkeit werden lassen – und zwar unmittelbar von dem Augenblick an, in dem wir uns näher mit ihnen befassen. Dies ist eines der Dinge, die ich gelernt habe.

Dieses Buch beinhaltet nicht nur meine Ansichten darüber, wie man beruflich erfolgreich sein kann. Ich werde Ihnen darin auch über meine persönlichen Erfahrungen berichten – und all die Wunder, die mir begegneten.

Als ich mit meinem ersten Buch *DER VENUS-FAKTOR: SIEBEN SCHRITTE ZU EINER ERFÜLLTEN LIEBESBEZIEHUNG* begann, hatte ich keine erfüllte Liebesbeziehung – und auch noch nie zuvor eine solche erlebt. Als ich mit diesem Buch anfing, war ich beruflich noch nicht erfolgreich, zumindest nicht in der Art, wie ich es Ihnen beschreiben werde.

Sie werden sich vielleicht fragen, wie ich es dann wagen kann, über etwas zu schreiben, was ich nicht erlebt habe. Es ist wahr, ich hatte weder eine erfüllte Liebesbeziehung erlebt, noch war ich beruflich erfolgreich gewesen, aber was ich erfahren habe, war eine so tiefe Bewußtseinsveränderung, daß ich mich gedrängt fühle, davon zu erzählen.

Anfang 1984 machte ich eine Erfahrung, dem »brennenden Dornbusch« ähnlich, die mein ganzes Leben veränderte. Entscheidend war, daß ich zu einer Zeit, in der ich äußerst »erfolgreich« war (ich besaß ein wunderschönes neues Haus, einen teuren Sportwagen, eine wunderbare Garderobe und einen sozial anerkannten und finanziell einträglichen Job), in den tiefsten Abgrund von Ernüchterung und Enttäuschung stürzte, den ich je erlebt hatte. Ich wollte sterben... und das Universum war bereit, mich beim Wort zu nehmen.

Und dann leuchtete ein Licht auf, so hell, daß ich zuerst nur staunen konnte. Zum ersten Mal in meinem Leben fühlte ich mich rundherum wohl – körperlich, geistig, emotional und spirituell. Innerhalb eines kurzen Augenblicks hatte ich erkannt, daß die Welt ein Ort unendlicher Liebe war und daß ich, ich ganz allein, meine Schmerzen und Leiden verursacht hatte. Ich entdeckte, daß ich keine Nebenrolle in einem Stück spielte, das ein anderer geschrieben hatte, sondern daß ich selbst die Autorin, Regisseurin und Produzentin meines eigenen Schicksals war... das hatte ich vorher einfach nicht gesehen.

Nach dieser Erfahrung schwelgte ich in Euphorie – ein Zustand, den ich mit allen um mich herum teilen wollte. Ich beschloß zu schreiben... und mein Leben neu zu beginnen. Wenn ich damals gewußt hätte, was ich jetzt weiß, wäre ich noch aufgeregter gewesen. Was ich wußte, war, daß ich die Vergangenheit loslassen mußte, um neu anfangen zu können – mein Haus, meinen Wagen, meine Möbel, meine Designerkleidung... Ich zog in eine kleine Dachwohnung in Northwest Portland, nahm eine alte Smith-Corona-Schreibmaschine, einen Stoß Schreibmaschinenpapier und ein Herz voller Freude mit. Ich schrieb über Liebe, über die Verantwortung für unser eigenes Leben und wie wir mit unserem Glauben die Welt erschaffen, in der wir leben, die Geschichte mit dem Titel: »Du erschaffst, was du schreibst, denkst, glaubst.«

In den eineinhalb Jahren, die ich brauchte, um den *VENUS-FAKTOR* zu schreiben, hatte ich Schritt für Schritt die Gelegenheit, jedes einzelne Prinzip, über das ich schrieb, auch selber anzuwenden. Als ich das Buch beendet hatte, war ich mit dem Mann meiner Träume verheiratet und lebte in einem Haus, wie ich es mir schöner nicht hätte wünschen können. Zudem hatte ich noch völlig unvorhergesehen Geld geerbt und stand an der Schwelle zu einer aufregenden Karriere.

An dieser Stelle nun beginnt dieses Buch. Ich fing im Sommer 1984 mit dem *VENUS-FAKTOR* an. Es ist jetzt Sommer 1988, und es ist so viel passiert, daß ich allein mit den Wundern, die mir zugestoßen sind, ein Buch füllen könnte. Genau dies will ich hier tun. Ich werde jene Ereignisse, Überzeugungen und Strategien darstellen, die mich in meiner Entwicklung voranbrachten – zu wirklichem beruflichen Erfolg, zu einem Erfolg, der nicht nur Berühmtheit und Geld umfaßt, sondern auch körperliches, geistiges, emotionales und spirituelles Wohlergehen.

Vorwort

Als ich mit diesem Buch anfing, fragte ich mich ständig: »Was habe ich mitzuteilen? Mit wem kann ich meine Erfahrungen teilen? Was könnte ich z. B. zu einer 21jährigen Frau mit einem Baby, ohne Mann und ohne berufliche Qualifikation sagen? Wie könnte ich dazu beitragen, daß sie plötzlich die unbegrenzten beruflichen Möglichkeiten um sich herum sieht?«

Ich war einmal so eine Frau. Mein Mann hatte mich verlassen, ich mußte für ein zehn Monate altes Baby sorgen, und ich besaß keine verwertbaren beruflichen Fähigkeiten – na ja, fast keine... Ich sprach fließend Französisch und hatte auf der High-School drei Monate lang Schreibmaschinenunterricht gehabt. Ich hatte vorgehabt, Fremdsprachenlehrerin oder Stewardeß oder Dolmetscherin für die UNO zu werden, war jedoch am Ende vom College abgegangen, weil ich ein Baby bekam, und hatte geheiratet. Als mir klar wurde, daß ich arbeiten mußte, um Geld zu verdienen, wandte ich mich an eine Arbeitsvermittlung.

Bis heute kann ich mich genau an die Frau erinnern, mit der ich sprach. Ich sehe ihr orangerotes, streng zu einem Knoten zurückgekämmtes Haar vor mir, ihre Brille, die fast auf der Spitze ihrer Adlernase sitzt, und ihre roten Lippen, dünn wie ein Strich. Und ich erinnere mich an den Ausdruck auf ihrem Gesicht, als sie mich nach meinen bisherigen Berufserfahrungen fragte und ich antwortete: »Oberste Platzanweiserin am Moreland-Theater.«

Ihre Schultern wurden steif, ihre Augen schmal, und sie sah mich abschätzend an. »Können Sie tippen?« fragte sie plötzlich.

»Ja«, antwortete ich.

»Gehen Sie zum Ende der Halle, und sagen Sie, daß Sie einen Schreibtest machen müssen.«

So begann meine Karriere als Tippse.

Mehrere Jahre lang arbeitete ich Seite an Seite mit anderen jungen Frauen, die ihre Träume von einer Arbeit bei der UNO ebenfalls begraben hatten.

Acht Stunden am Tag saßen wir an metallgrauen Schreibtischen und sahen erfolgreiche Menschen bei uns ein und aus gehen. Wir beneideten sie um ihre Kleidung, wir beneideten sie um ihre flotten Autos, und wir beneideten sie um ihre wunderbaren Jobs. Wir standen immer draußen und schauten hinein, die Nasen an den Fenstern platt gedrückt. Ich war traurig, einsam und unglücklich.

Achtzehn Jahre später stand ich mit einflußreichen Managern auf einer Stufe. Ich hatte es geschafft. Wir aßen zusammen in den besten Restaurants, trugen Designerkleidung, fuhren Prestigewagen und unterhielten uns über unsere Heimcomputersysteme. Und wir hatten alle Sekretärinnen, die uns um unser Glück beneideten.

Ich war noch immer traurig, einsam und unglücklich.

Worüber konnte ich mit diesen Leuten schon reden? Gab es überhaupt jemanden, der spürte, daß in seinem Leben etwas fehlte?

Im folgenden will ich Ihnen zeigen, wie Sie Ihr Gespür für die Ihnen angeborene Bestimmung wiederentdecken können, wie Sie dieses Gespür bei der Berufswahl einsetzen können und welche Mittel und Techniken Ihnen bei der Verwirklichung Ihrer beruflichen Wünsche nützlich sind. Erfolg ist kein kaltes und grimmiges Geschäft. Er ist eine Art Lebensstil, ein großartiger, befriedigender und wundervoller Lebensstil, den sich jeder leisten kann.

Es ist Ihre Entscheidung.

ERSTER SCHRITT

Wie Sie Ihre Lebensziele finden

Warum arbeiten Sie?

Der Beruf ist weit mehr als eine ökonomische oder soziale Notwendigkeit. Ihre Berufswahl verleiht Ihrem Leben auch Sinn und spiegelt umgekehrt den bereits bestehenden Sinn wider.

Hatten Sie jemals das Gefühl, daß in Ihrem Leben etwas fehlt? Haben Sie sich jemals gefragt, warum Sie auf der Welt sind?

Die Suche nach einer erfolgreichen beruflichen Tätigkeit fängt mit Fragen wie diesen an.

Bevor Sie wirklich entscheiden können, *WAS* Sie tun wollen, müssen Sie zuerst entscheiden, *WARUM*. Denn wenn Sie einmal wissen, *WARUM*, wird sich das *WAS* von selbst ergeben. Sie haben vielleicht bisher *WAS*-Fragen gestellt, z. B.: »Was soll ich mit meinem Leben anfangen?« Ich stelle *WARUM*-Fragen: »Warum glauben Sie, irgend etwas tun zu müssen?«

Eine interessante Frage, nicht wahr? Wenn Sie die Antwort darauf haben, haben Sie den Sinn Ihres Lebens entdeckt. Bevor Sie die Antwort nicht gefunden haben, wird Ihre Suche nach einem befriedigenden und erfolgreichen Beruf umsonst sein.

Im Verlauf dieses Buches werde ich Ihnen eine Faustregel geben, die Ihnen hilft, eine berufliche Richtung zu finden und einen entsprechenden Job in dieser Richtung auszuwählen.

Die Faustregel lautet folgendermaßen:

**Lebensziele + Interessen + Fähigkeiten + Arbeitsstil =
Ihr spezieller Job / Ihre berufliche Laufbahn**

Sie werden nicht nur lernen, diese Faustregel zu verstehen, Sie werden auch lernen, wie Sie sie anwenden können, um persönlich erfolgreich zu werden. Doch lassen Sie uns zunächst zu den Lebenszielen zurückkehren. Kennen Sie Ihre Lebensziele? Wenn Sie zögern, kann ich Ihnen vielleicht helfen, Ihre Gedanken auf den Punkt zu bringen, indem ich Ihnen einige Fragen stelle, z. B.:
Warum arbeiten Sie?
Wenn Sie so wie die meisten Menschen sind, werden Sie auf diese Frage wahrscheinlich antworten:
  Ich muß.
  Ich brauche Geld.
  Wenn ich nicht arbeite, wer soll dann die Rechnungen zahlen?
Im wesentlichen lautet die Antwort: Geld machen! Aber wie fiele Ihre Antwort aus, wenn Geld keine Rolle spielte?

Was wäre, wenn Geld keine Rolle spielte?

Was wäre, wenn man Ihnen sagte, Sie können soviel Geld haben, wie Sie wollen, jederzeit und für den Rest Ihres Lebens?

Würden Sie arbeiten? Würden Sie sich weiter darum sorgen, was Sie mit Ihrem Leben anfangen sollen? Hätten Sie immer noch das Gefühl, daß etwas fehlt? Wenn Sie nicht arbeiteten, was würden Sie tun?

Hier sind einige typische Antworten, die ich in meinen Beratungsstunden erhalte:
  Ich würde zur Abwechslung etwas tun, was mir Spaß macht.
  Ich würde es mir gutgehen lassen.
  Ich würde reisen.
  Ich würde mir ein neues Auto kaufen.

Aber lassen Sie sich von mir nicht die Worte in den Mund legen. Sprechen wir lieber darüber, was Sie bräuchten, damit Ihr Leben befriedigend wird.

Was bräuchten Sie,
damit Ihr Leben befriedigend wird?

Was bräuchten Sie, damit Ihr Leben befriedigend wird?

Dies scheint eine einfache Frage zu sein, aber für viele Menschen ist das nicht so. Haben sie einmal einige Dinge aufgezählt, die sie kaufen würden, und einige Orte, die sie besuchen würden, sehen sie oft sehr ratlos aus. Manchmal fügen sie noch hinzu: »Ich bin nicht sicher. Ich glaube, ich würde einfach einmal zur Abwechslung glücklich sein wollen.«

Wenn es Ihnen schwerfällt, diese Frage zu beantworten, gehen Sie folgendermaßen vor: Stellen Sie sich vor, es ist der letzte Tag Ihres Lebens und Sie denken darüber nach, was Sie erreicht haben. Wären Sie damit zufrieden? Haben Sie in Ihrem Leben getan, was Sie vorhatten? Wären Sie mit sich im Frieden? Wenn nicht, was hätten Sie noch gerne gehabt, was noch gerne getan? Genauer gesagt, was hätten Sie gerne noch *BESESSEN*, *ERFAHREN* oder *GEGEBEN*?

Was hätten Sie gerne besessen?
Machen Sie eine Liste mit all den Dingen, die Sie gerne besessen hätten (Autos, Boote, Schmuck, Kunstgegenstände, ein teures Haus).

Wenn Sie merken, daß Sie sich selbst bei Ihrer Auflistung einschränken, weil Mutter Theresa nie einen Diamantring auf ihre Liste gesetzt hätte, sollten Sie vielleicht über folgenden Satz aus dem jüdischen Talmud nachdenken: »Später einmal wird jeder von uns, der sich geweigert hat, all die guten Dinge, die Gott der Welt gab, zu genießen, zur Rechenschaft gezogen werden.«

LISTE NR. 1: WAS ICH GERNE BESESSEN HÄTTE

_____

_____

Welche Erfahrungen hätten Sie gerne gemacht?
Denken Sie daran, es ist der letzte Tag Ihres Lebens. Was hätten Sie gerne noch erlebt (Reisen, Abenteuer, Romanzen)?

Betrachten Sie diese Fragen nicht als Test. Es sind einfach Fragen, die Ihnen helfen sollen, Ihre wahren Wünsche herauszufinden. Es gibt keine richtigen oder falschen Antworten. Die einen entscheiden sich für Diamanten und Renoirs, die anderen für Sack und Asche. Das ist in Ordnung, denn es geht nicht um richtig oder falsch, sondern um die Frage: Was brauchen Sie, damit Ihr Leben befriedigend wird?

LISTE NR. 2: ERFAHRUNGEN, DIE ICH GERNE GEMACHT HÄTTE

Was hätten Sie gerne gegeben?
Gibt es etwas, was Sie gerne für jemand anderen getan hätten?

Denken Sie an Ihre Familie. Gibt es da etwas, was Sie gerne gegeben hätten? Wenn Sie an Ihr soziales Umfeld denken, gibt es da etwas, was Sie gerne getan hätten? Hätten Sie gerne etwas verbessert oder bei etwas mitgemacht?

Wenn Sie an die Welt als Ganzes denken – an Tiere, die wegen ihrer Pelze abgeschlachtet werden, Wälder, die abgeholzt werden, das Leben im Meer, das zerstört wird, hungernde Kinder –, gibt es hier etwas, was Sie ändern wollten?

Gibt es irgendein Problem, zu dessen Lösung Sie hätten mit beitragen können (z. B. ein Mittel gegen Krebs, ein Fahrrad für ein Kind, das noch nie eines gehabt hat)?

Ich wiederhole, es gibt keine richtigen oder falschen Antworten. Seien Sie einfach so ehrlich wie möglich.

LISTE NR. 3: WAS ICH GERNE GEGEBEN HÄTTE

_____

_____

_____

_____

_____

Wenn Sie Ihre Listen nochmals durchschauen und irgendwo das leiseste Unbehagen spüren, streichen Sie das Wort von Ihrer Liste. Es ist sehr wichtig, daß Sie nur Dinge aufschreiben, die wirklich aus Ihrem Herzen kommen. Hinter Ihren Worten auf den Listen sollte echte Begeisterung stehen.

Am Anfang sind Ihre Listen vielleicht noch sehr kurz. Bei mir war das so. Es gab eine Zeit in meinem Leben, in der ich auf meinen Listen nichts anderes hatte als »im Park spazierengehen«, »ein Buch lesen« und »ein warmes Bad nehmen«. Machen Sie sich keine Sorgen, wenn Ihre Listen kurz sind. Sie sind frei, sie zu ändern und jederzeit auf den neuesten Stand zu bringen.

Das einzige, worauf Sie immer achten müssen, ist, daß Sie nur das aufschreiben, was Sie sich wirklich wünschen!

Welche Lebensziele haben Sie?

Nun sind wir wieder bei unserer ursprünglichen Frage: Welche Lebensziele haben Sie?

Um die Antwort auf diese Frage zu finden, schauen Sie Ihre

Listen an. Denn *DIE ERFÜLLUNG IHRER WÜNSCHE IST IHR ZWECK UND ZIEL.* Aber ist das alles? Das soll der Sinn des Lebens sein, unsere Wünsche zu befriedigen? Es scheint so oberflächlich, so lustbetont, so gar nicht spirituell.

Im Gegenteil. Ihr Lebenssinn ist so oberflächlich oder so tiefgründig wie die dahinterstehenden Bedürfnisse – hinter Ihren vermeintlichen Spinnereien steckt mehr als das, was man auf den ersten Blick erkennen kann. Ihre Bedürfnisse sind ein direkter Spiegel Ihres wahren Wesens – sie stellen tatsächlich die Verbindung zu Ihrer höheren Bestimmung dar. Sie werden niemals etwas begehren, was nicht zu Ihrer Bestimmung gehört. Wie könnten Sie auch? Die Dinge, die außerhalb Ihres Repertoires liegen, können Sie nicht kennen.

Wenn es für Ihr Leben einen Entwurf gibt, dann sind es Ihre Wünsche, durch die Sie diesen Entwurf erkennen können. Oft entdecken wir in uns ziemlich einfache, primitive Wünsche, die durch unsere Ängste entstellt sind. Aber dies ist die Aufgabe des Lebens: zu lernen, unechte Bedürfnisse in das Gold eines höheren Sinns umzuwandeln.

Achten Sie immer auf Ihre Bedürfnisse, sie sind die Wegweiser in Ihre Zukunft und das schöpferische Element Ihrer Gegenwart. Wünsche kommen und gehen. Ziele können sich ändern. Ich habe jedoch vier Grundbedürfnisse, die konstant zu sein scheinen: körperliches, geistiges, emotionales und spirituelles Wohlbefinden. Wenn diese vier Grundbedürfnisse befriedigt sind, ist die Welt in Ordnung, ganz gleich, wie sie im Augenblick aussieht.

Was ist der Sinn des Lebens?

Wenn das Lebensziel in der Erfüllung der Bedürfnisse besteht, was ist dann der Sinn des Lebens?

Es ist dasselbe. Sinn, Zweck und Ziel sind Synonyme.

Der Sinn des Lebens besteht darin, unsere Bedürfnisse zu erfüllen. Sie, und zwar Sie ganz allein, verleihen Ihrem Leben durch Ihre Entscheidungen Sinn. Sie ganz allein wissen, welchen Sinn Ihr Leben hat.

Aber was ist, wenn Sie nicht wissen, welchen Sinn Ihr Leben hat? Wenn Sie keine Ahnung haben, wer Sie sind und was Sie wirklich wollen? Verlieren Sie nicht den Mut! Wenn wir auch durch unsere Entscheidungen auf unsere Lebensziele Einfluß nehmen, so sind wir doch mit einer Bestimmung auf die Welt gekommen.

> »Wenngleich uns das Leben mit einer Bestimmung ausstattet, so kann es doch nur mit jenen Gehirnen arbeiten, die es unter Schmerzen und fehlerhaft in unseren Köpfen entwickelt hat.«
> *George Bernard Shaw*

Genauso wie ein Tomatensamen weiß, wie er zu einer Tomatenpflanze wird, und eine Eichel weiß, wie sie zu einer Eiche wird, enthält der menschliche Samen eine evolutionäre Blaupause. Jeder von uns ist mit einer Bestimmung, einem ihm innewohnenden Zweck und Ziel geboren. Wie schon erwähnt, ist der Zweck dieses Buches, Ihnen zu helfen, diese Blaupause, Ihre Bestimmung, aufzuspüren.

Wie? Durch Astrologie! Astrologie ist das einfachste mir bekannte Mittel, durch das wir eine Vorstellung von der uns innewohnenden Blaupause bekommen können. Von Geburt an haben Sie bestimmte Vorlieben und Abneigungen, bestimmte Begabungen und Talente, bestimmte Bedürfnisse, die die Grundlage Ihrer ganz eigenen Natur bilden.

Aber bevor ich Sie damit bekannt mache, will ich Ihnen noch einige Fragen stellen:

Wollen Sie überhaupt beruflich erfolgreich sein?

Was ist beruflicher Erfolg?

Was ist der Unterschied zwischen einem erfolgreichen Beruf und einem Job?

Was ist der Unterschied zwischen Karriere und Job?

KARRIERE: Fortschritt oder allgemeiner Verlauf der Handlung einer Person im Leben oder während einer bestimmten Phase des Lebens, in einer beruflichen oder sonstigen Unternehmung, einer moralischen oder intellektuellen Handlung etc. Das Wort »Karriere« kommt aus dem Lateinischen und bedeutet »eine Straße entlang«, genauer: »einem Weg folgen« – Ihrem Weg. Eine Karriere ist Ihr Weg durchs Leben, der durch die Tätigkeiten, die Sie wählen, sichtbar wird. Es ist der Weg, den Sie nehmen, um Ihre Ziele zu verwirklichen, und er ist von Natur aus spirituell. Dies belegt auch die Bedeutung von »Beruf« und »Berufung«.
BERUF: Stammt von dem lateinischen Wort »professio« ab, was bedeutet, im religiösen Sinn »ein Gelübde ablegen«.
BERUFUNG: Kommt von dem lateinischen Wort »(pro-)vocatio« und meint eine von Gott ernannte »Funktion« oder »Station« im Leben.

Ich höre oft Leute sagen: »Ich will keine Karriere. Ich will nur genug Geld, um in Pension gehen zu können.« Sollten Sie jemals diese Worte von jemandem hören, könnten Sie folgendes antworten: »Wir haben keine Wahl, wir müssen Karriere machen!« Die Wörter »Karriere«, »Beruf« und »Berufung« sind alle Synonyme für »Lebensweg«, und das ist etwas, auf dem Sie immer waren und sind. Das heißt nicht, daß es nur einen Weg gibt. Es gibt viele mögliche Wege. Ihre Wahl besteht darin, welchen Sie nehmen und welche Schritte Sie tun und ob Sie die Reise genießen wollen oder nicht.

Wir alle machen unsere Reise, manche sind nur ein wenig durcheinander. Erinnern Sie sich an Alice im Wunderland? Da gibt es eine treffende Stelle, die Unterhaltung zwischen Alice und der Katze:

»Würdest du mir bitte sagen, welchen Weg ich von hier nehmen soll?« fragt Alice.

»Das hängt ganz davon ab, wo du hinwillst«, antwortet die Katze.

»Es ist mir ziemlich gleich, wohin«, sagt Alice.

»Dann ist es auch gleich, welchen Weg du nimmst«, sagt die Katze.

»... solange ich irgendwohin komme«, fügt Alice erklärend hinzu.

»Oh, das wird sicher geschehen«, gibt die Katze zurück, »wenn du nur lange genug läufst.«

Aber was ist ein Job?

JOB: Ein Stück Arbeit, besonders eine spezifische Aufgabe, die als Teil einer Routinearbeit oder zu einem vereinbarten Preis ausgeübt wird. Ein Job ist einfach eine Aufgabe. Er kann ein Meilenstein, aber auch ein Hindernis auf Ihrem Weg sein.

Denjenigen, die das Ziel aus den Augen verloren haben, mag ein Job als absoluter Endpunkt erscheinen – das ist er jedoch nie, Jobs sind Stufen. Für viele Menschen sind Jobs Bürden geworden, die sie kaum tragen können. Aber das muß nicht so sein. Wenn Sie sich einmal für Ihren Weg entschieden haben und die Jobs von diesem Standpunkt aus auswählen, werden Sie zu einer aufregenden Sache.

Was ist Erfolg?

Früher war für mich Erfolg etwas, was andere Leute hatten, aber was ich wohl nie haben würde, etwas, was ich mit der Einkommenshöhe gleichsetzte. Zurückblickend wird mir klar, daß ich absolut keine Vorstellung davon hatte, was Erfolg war. Kein Wunder, daß ich keinen hatte!

Erinnern Sie sich an Goethes »Faust«? Faust ist ein abgestumpftes Individuum, das seine Seele für Macht und Reichtümer dem Teufel verkauft. Er sehnt sich nach einem Augenblick auf Erden, der ihn so erfüllt, daß er sich wünscht, er möge fortdauern. Als Faust vom Teufel alles bekommen hat, Reichtum, Macht, unbegrenzte Freiheit und die Liebe jeder Frau, die er begehrt, entdeckt er etwas Unbegreifliches. Ganz gleich, wieviel Reichtum er anhäuft, ganz gleich, wie viele Frauen er verführt, in ihm ist ein unstillbarer Hunger. Eines Tages dann, als müder und ernüchterter alter Mann, bemerkt er, daß es Menschen um ihn herum gibt, die hungrig sind und zu essen brauchen. Und aus irgendeinem seltsamen Grund will er helfen. Er engagiert sich beim Bau von Deichen, um Land zu gewinnen, damit Menschen dort leben und arbeiten können. Er organisiert die Bepflanzung von Gärten und den Anbau von Nahrungsmitteln. Und erst als er inmitten der fruchtbaren Felder, die er zu bestellen geholfen hat, seinen letzten Atemzug tut, hebt er sein Gesicht zum Himmel und sagt zum Augenblick: »Verweile doch, du bist so schön!«

Was ist Erfolg? Hat er etwas mit Anerkennung und Geld, Macht und Einfluß, Autos und Schmuck zu tun? Nur Sie allein kennen die Antwort darauf. Denn *ERFOLG IST DIE ERFÜLLUNG IHRER BEDÜRFNISSE, GEMESSEN AN DEM, WAS SIE ALS BEFRIEDIGEND EMPFINDEN*.

Warum glauben Sie, etwas mit Ihrem Leben anfangen zu müssen?

Erinnern Sie sich an den Anfang dieses Schritts, als ich Sie fragte: »Warum glauben Sie, irgend etwas tun zu müssen?« Und daß Sie, wenn Sie die Antwort wüßten, auch Ihre Ziele kennen würden? Ich hoffe, Sie kennen Ihre Antwort jetzt, und sie enthält Worte wie »weil ich will«, »weil ich mich dabei gut fühle« oder »weil ich das, was ich tue, genieße«.

Die meisten Menschen in unserer Gesellschaft arbeiten, weil sie das Gefühl haben zu müssen – nicht weil sie es wollen. Wir leben in einer Zeit, in der Geld, nicht Befriedigung unsere Motivation zu arbeiten geworden ist; wir glauben, daß wir mit Geld Befriedigung erkaufen können. Wir leben in einer Gesellschaft, in der mehr und mehr Menschen BMWs besitzen, zwei oder drei Fernseher haben, in teuren Restaurants essen und

Tausende von Dollar in ihren Brieftaschen herumtragen, und trotzdem haben mehr Menschen als je zuvor das Gefühl, daß ihr Leben keinen Sinn hat... sogar die reichen und erfolgreichen.

Wirtschaftsmagazine sind voll von Artikeln über sehr gut bezahlte Manager, die eines Tages einfach aus ihrer Karriere aussteigen, um zu gärtnern oder Rasentennis zu spielen. Gleichzeitig erscheinen in den Magazinen Artikel über Bankiers, denen es ganz schlecht geht, weil sie nicht von 600 000 Dollar im Jahr leben können. Harte Zeiten.

Geschichtlich betrachtet beinhaltet der »Amerikanische Traum«, die eigenen Eltern zu übertrumpfen, hart zu arbeiten, sich hoch zu qualifizieren, materiellen Komfort und soziales Ansehen zu gewinnen. Der »Amerikanische Traum« ist jedoch für viele zur »Amerikanischen Tragödie« geworden – sie sind gelangweilt, frustriert und desorientiert.

Warum? Weil das Streben nach Dingen die Suche nach Sinn ersetzt hat. Und weil wir kein klares Gespür mehr dafür haben, was »Sinn« bedeutet. Wir haben es zugelassen, daß das, was wir tun, getrennt ist von dem, was wir genießen. Arbeit ist etwas geworden was, wir *TUN MÜSSEN*, um genug Geld für das zu haben, was wir *TUN WOLLEN*. Dieser Versuch, unsere persönlichen Leidenschaften von unseren beruflichen Zielen zu trennen, führt ins Unglück, denn solange sie getrennt sind, werden wir in unserem Leben immer etwas vermissen.

Sind Sie nicht froh, daß dies bei Ihnen nicht länger so sein wird? Sind Sie nicht froh, daß Sie jetzt dabei sind, Ihre wirkliche Bestimmung kennenzulernen? Und daß Sie nur Ihre Bestimmung mit einer bestimmten Berufswahl verbinden und lernen müssen, das Leben zu genießen?

DER RICHTIGE ZEITPUNKT FÜR EINE VERÄNDERUNG IST JETZT! DER RICHTIGE ORT IST GENAU DER, WO SIE JETZT SIND!

ZWEITER SCHRITT

Wie Sie Ihr berufliches Umfeld wählen

Was ist ein berufliches Umfeld?

Mittlerweile wissen Sie, *WARUM* Sie etwas tun wollen (oder zumindest haben Sie angefangen, darüber nachzudenken). Die Frage ist jedoch noch, *WAS* Sie tun wollen. Erinnern Sie sich an unsere Faustregel:

Lebensziele + Interessen + Fähigkeiten + Arbeitsstil = Ihr spezieller Job / Ihre berufliche Laufbahn.

In diesem Kapitel geht es um Ihre Interessengebiete – das berufliche Umfeld, das für Sie am attraktivsten ist. Ein *BERUFLICHES UMFELD* bezieht sich also auf ein *BERUFLICHES INTERESSENGEBIET* und ist immer *MIT BESTIMMTEN PRODUKTEN UND/ODER DIENSTLEISTUNGEN* verbunden. Architektur ist genauso wie Medizin ein berufliches Umfeld, aber kein Beruf.

Der Berufseignungstest, dem ich mich im College unterzog, ergab, daß ich Rechtsanwältin hätte werden sollen. Ich wollte nicht Rechtsanwältin werden. Ich will es immer noch nicht werden. Da sich damals niemand bemühte, mich aufzuklären, was der Test über meine Interessen und Fertigkeiten aussagte, dachte ich nicht mehr darüber nach. Zu einem späteren Zeitpunkt war ich wieder bei einer Berufsberatung und wurde gefragt: »Was wären Sie gerne?«

»Angestellt!« Die Antwort lag auf der Hand.

Jemandem, der ohne Anstellung oder in seinem gegenwärtigen Job unglücklich ist, mag es wie eine unnütze Spielerei erscheinen, darüber nachzusinnen, in welchem beruflichen Umfeld seine Interessen liegen. Schließlich sind doch erfolgreiche Berufe etwas, was andere, z. B. Ärzte, ausüben. Normale Menschen arbeiten, um ihren Lebensunterhalt zu verdienen. Ich wünschte, jemand hätte mir vor zwanzig Jahren gesagt, daß es sich bei der Wahl eines beruflichen Umfelds nicht um eine Luxusbeschäftigung für Supererfolgreiche handelt.

Immer wenn man einen Job annimmt, bei allem, was man tut, gerät man in ein berufliches Umfeld. Doch der Begriff »berufliches Umfeld« ist nicht so geheimnisvoll, wie er scheint: Das Leben im Kindergarten und das Leben im Konferenzzimmer der obersten Manager sind sich ziemlich ähnlich.

Denken Sie daran, wie es war, als Sie zum Spielen gingen. Da gab es Gruppen von kleinen Kindern, die mit verschiedenen Spielzeugen und Sachen spielten. In der Geschäftswelt treiben wir uns immer noch in Gruppen auf der Spielwiese des Lebens herum. Wir spielen mit bestimmten Gefährten und bestimmtem Spielzeug (bestimmten Produkten und/oder Dienstleistungen). Genauso wie damals, als wir uns zu kleinen Gruppen zusammentaten und mit Murmeln spielten, tun wir es heute, wenn wir heilen oder kommunizieren wollen. Diese kleinen Gruppen von Kindern, die bestimmte Spiele mit bestimmtem Spielzeug spielten, bilden die beruflichen Umfelder: z. B. Bankwesen, Medizin, Pädagogik.

Bevor Sie entscheiden, *WAS* Sie tun wollen, sehen Sie zuerst, mit *WEM* Sie zu tun haben wollen, denn dies ist ein wichtiger Schlüssel zu Ihrem Erfolg.

Gleiches zieht Gleiches an

Berufliche Umfelder sind durch eine bestimmte Form von menschlichem Bewußtsein definiert: »Gleich und gleich gesellt sich gern.« Bevor Sie sich entscheiden, mit bestimmten Menschen zusammenzuarbeiten, sollten Sie sich vergegenwärtigen, welches Bewußtsein diesen Menschen gemein ist und ob dieses mit dem Ihren übereinstimmt oder nicht. Hatten Sie schon einmal einen Job, in dem Sie mit Ihren Arbeitskollegen absolut nichts gemeinsam hatten? Jene sagten »Äpfel«, während Sie »Orangen« meinten. Jene sagten »Tag«, und Sie meinten »Nacht«. Manchmal haben Sie an Ihrem Verstand gezweifelt.

Zunächst sollten Sie sich fragen, warum Sie sich diesen Job ausgesucht haben. Nun, ich glaube, wir kennen bereits die Antwort darauf – Geld! Wenn wir auf Jobsuche gehen, überlegen wir meist, was wir gut können, und versuchen dann, jemanden zu finden, der uns dafür bezahlt. Wenn wir tippen können, versuchen wir, jemanden zu finden, der uns fürs Tippen Geld gibt. Wenn wir mit Buchhaltung umgehen können, versuchen wir jemanden – irgend jemanden – zu finden, der eine Buchhalterin anstellen will.

Es kommt uns nie in den Sinn, daß wir wählen könnten, bei und mit wem wir diese Dinge tun wollen, oder daß wir uns wenigstens darüber Gedanken machen sollten. Es ist schön zu wissen, *WELCHE* Fertigkeiten man besitzt, aber ist es viel wichtiger zu wissen, mit *WEM* (in welchem beruflichen Umfeld) Sie gerne arbeiten wollen. Denn erst wenn Sie Gefährten haben, die gerne die gleichen Spiele wie Sie spielen, finden Sie auf Ihrem Weg Unterstützung. Ganz gleich, wieviel Sie wirklich leisten, Sie werden von Ihren Kollegen keine Anerkennung bekommen, wenn Sie sich nicht mit Ihnen wohl fühlen. Umgekehrt werden Menschen mit geringen Fertigkeiten, wenn sie nur im richtigen beruflichen Umfeld sind, bei ihrer Arbeit gewöhnlich unterstützt.

Falls dies nun so klingt, als könnte man allein durch die Wahl des beruflichen Umfelds Zurückweisung vermeiden, so lassen Sie mich diese Aussage differenzieren. Zurückweisung ist nicht immer ein Symptom dafür, daß Sie sich im falschen Umfeld befinden, sondern es ist auch möglich, im richtigen Umfeld zu sein, und trotzdem wird man zurückgewiesen. Eine Möglichkeit, als häßliches Entlein zu enden, besteht darin, sich als Schwan unter Enten aufzuhalten, eine andere, selbst eine schlechtgelaunte Ente zu werden.

Eine erfolgreiche und befriedigende Tätigkeit also ist zum einen dadurch bedingt, daß Sie sich in einem Umfeld bewegen, in dem Sie Resonanz finden, zum anderen dadurch, daß Sie liebevoll und genügend empfänglich sind, dies zu genießen, und es auch zulassen, daß sich andere an Ihnen freuen.

Mit wem spielen Sie gerne?

Schreiben Sie auf, mit welcher Art von Menschen Sie gerne zusammen sind: Künstler, Rechtsanwälte, Schriftsteller, Maschinisten, Kneipenbesitzer oder was auch immer. So können Sie herausfinden, wer Ihre bevorzugten Spielgefährten sind. Wenn Ihnen dies schwerfällt, denken Sie an die Art von Menschen, die Sie momentan anziehen oder in der Vergangenheit angezogen haben, denn diese Menschen sind ein direkter Spiegel Ihres Bewußtseins. Nichts geschieht zufällig. Die Menschen, mit denen Sie zusammen waren, sind die Menschen, mit denen Sie gerne zusammen sind.

»Moment mal«, werden Sie vielleicht sagen. »Es stört mich, daß Sie Menschentypen mit beruflichen Kategorien gleichsetzen. Ich kenne Rechtsanwälte, die ich mag, und andere, die ich nicht mag. Das gleiche gilt für Ärzte, Installateure usw. Es kommt auf die Person an, nicht auf ihren Beruf.« Sie haben absolut recht, es gibt überall nette Menschen, und nur weil Sie in einer bestimmten Sparte arbeiten, heißt das nicht, daß Sie jeden dort mögen.

Wir versuchen hier in diesem Kapitel herauszufinden, welche Art von Menschen Sie am liebsten während Ihrer Arbeitszeit um sich hätten. Wenn es Ihnen gleich ist, dann ist es eben gleich. Aber wenn es bestimmte Menschentypen gibt, die Sie lieber mögen als andere, sollten Sie sich diese notieren:

LISTE NR. 4: DIE MENSCHEN, DIE ICH AM LIEBSTEN UM MICH HABE

_____

_____

_____

_____

Wenn auf Ihrer Liste Künstler, Fotografen und Musiker stehen, sollten Sie eine berufliche Tätigkeit im Bereich von Kunst, Fotografie oder Musik in Betracht ziehen. Das bedeutet nicht, daß Sie sich als Künstler, Fotograf oder Musiker verpflichten sollen. Das von Ihnen gewählte Umfeld muß nicht unbedingt etwas mit der *FUNKTION* zu tun haben, die Sie darin ausüben.

Viele Menschen fühlen sich zum Theater hingezogen, aber nicht jeder, der auf dieser Spielwiese spielt, ist ein Schauspieler. Am Theater werden auch Buchhalter und Leute für Wartung und Instandhaltung gebraucht. Das, *WAS* man *TUT*, wird *FUNKTION* genannt. *WO* man etwas tut (und mit *WEM*) wird *BERUFLICHES UMFELD* genannt. *FUNKTIONEN* werden auf der Basis von *FÄHIGKEITEN* gewählt, das *BERUFLICHE UMFELD* auf der Basis von *INTERESSEN*.

Immer noch nicht ganz klar?

Dann kann Ihnen vielleicht die Astrologie weiterhelfen.

Das Sonnenzeichen und Ihre Interessengebiete

Wir alle sind mit bestimmten Vorlieben und Abneigungen geboren, und deshalb ziehen uns bestimmte Berufsfelder und bestimmte Funktionen an. Es gibt in der Astrologie zwei Richtungsanzeiger, anhand deren Sie Ihre berufliche Eignung herausfinden können:

Das Zeichen, in dem die *SONNE* bei Ihrer Geburt stand, weist auf die *BERUFLICHEN UMFELDER (INTERESSEN)* hin, die Sie am stärksten anziehen und in denen sich Menschen bewegen, die für Sie aufgeschlossen sind. Das Zeichen, in dem *MARS* bei Ihrer Geburt stand, weist auf die Ihnen *ANGEBORENEN FÄHIGKEITEN (FUNKTIONEN)* hin. Es weist auf die Dinge hin, die Sie gut »machen«, auf Ihre natürlichen Gaben und Talente.

In diesem zweiten Schritt wird es also um Ihr *SONNENZEICHEN* und die dazugehörigen *BERUFLICHEN UMFELDER* gehen. Im dritten Schritt werden wir über Mars und Ihre Fähigkeiten diskutieren.

Die folgende Tabelle zeigt die Geburtsdaten, an denen die Sonne in einem bestimmten Zeichen steht. Sind Sie jedoch zwei bis drei Tage vor oder nach Beginn oder Ende eines Zeichens geboren, sollten Sie einen Astrologen befragen, welches Zeichen auf Sie zutrifft (in jedem Jahr gibt es kleine Unterschiede).

Geburtsdatum	*Sonnenzeichen*	*Interessenkategorie*
20. März – 20. April	Sonne in Widder	kardinal
20. April – 20. Mai	Sonne in Stier	fest
20. Mai – 21. Juni	Sonne in Zwillinge	veränderlich
21. Juni – 22. Juli	Sonne in Krebs	kardinal
22. Juli – 23. August	Sonne in Löwe	fest
23. August – 23. Sept.	Sonne in Jungfrau	veränderlich
23. Sept. – 22. Okt.	Sonne in Waage	kardinal
22. Okt. – 22. Nov.	Sonne in Skorpion	fest
22. Nov. – 21. Dez.	Sonne in Schütze	veränderlich
21. Dez. – 20. Jan.	Sonne in Steinbock	kardinal
20. Jan. – 18. Febr.	Sonne in Wassermann	fest
18. Febr. – 20. März	Sonne in Fische	veränderlich

Achten Sie auf die Interessenkategorie, die neben jedem Sonnenzeichen steht: kardinal, fest oder veränderlich. Diese drei Kategorien von Interessen können Ihnen anhand der folgenden Listen Hinweise auf ein bestimmtes berufliches Umfeld geben.

Studieren Sie die Liste, die Ihrem Sonnenzeichen entspricht (z. B. Widder = kardinale Interessenkategorie, Stier = feste Interessenkategorie). Sehen Sie, ob einige der aufgeführten Merkmale für Sie in Frage kommen.

Kardinale Interessenkategorie

Menschen, deren *SONNE* in *WIDDER, KREBS, WAAGE* oder *STEINBOCK* steht, werden von *BERUFLICHEN UMFELDERN* angezogen, die mit folgendem zu tun haben:

Abbruch
Adoptionsagenturen
Alte Menschen
Antiquitäten
Arbeitsrechte
Archäologie
Architektur
Augenbehandlung

Bankwesen
Bienenzucht
Boutiquen
Buchführung

Chiropraktik

Dachdecken
Dekoration
Design
Diplomatie

Eigentumsmanagement
Expedition

Finanzen
Friedhöfe

Gebäck
Gefängnisse
Geschichte
Gesetz
Gewicht
Gießerei
Glas
Gymnasium

Haarpflege
Handarbeit
Handwerk
Hardware
Hochofen
Hochzeit
Hotelmanagement

Immobilien
Ingenieurwesen

Kamine
Kinderfürsorge

Komposition
Kosmetik
Kostüme
Krankenschwester
Kreditmanagement
Künste

Leder
Leichenhalle

Maschinen
Maße
Mathematik
Maurerarbeiten
Metall
Militärdienst
Museum

Nachtwächter

Optik
Organisation
Orthopädie

Pension
Politik
Polizeiarbeit

Regierung
Restaurants

Schlichtungskommission
Schlosserei
Schmiede
Sozialarbeit
Sport
Steinmetz
Stoffe

Taubheit
Teammanagement
Tiefkühlung

Unterhalt

Vereinigung
Verhandlungen
Vertragswesen
Verwaltung

Waffen
Wald
Wirtschaft
Wohlfahrt

Zimmermannsarbeiten
Zimmervermietung
Zivile Dienste

Feste Interessenkategorie

Menschen, deren *SONNE* in *STIER, LÖWE, SKORPION* oder *WASSERMANN* steht, werden von *BERUFLICHEN UMFELDERN* angezogen, die mit folgendem zu tun haben:

Aktien
Analyse
Anleihen
Anthropologie
Arbeitsvermittlung
Astrologie
Astronomie

Bekleidung
Bergwerk
Berufsberatung
Bildhauer
Bürgerorganisationen

Chemie
Chirurgie
Computerwissenschaft

Detektivarbeit
Drill

Edelsteine
Eigentum
Elektrizität
Elektronik
Energiesparen
Erfindung

Fernsehen
Finanzen

Florist
Forschung

Geologie
Gericht
Gynäkologie

Innovation
Investitionen

Juwelier

Kernenergie
Kochen
Kreditagentur
Kurorte
Kürschner

Lotterie
Luftfahrt

Maklergeschäft
Marketing
Massagebehandlung
Medizin
Metzger
Mode
Münzen
Musik

Naturheilverfahren

Parfüm
Parks
Physiker
Pornografie
Präsident
Produktion
Psychiatrie
Psychologie

Reformation
Revolutionen
Röntgentechnologie

Sammlungen
Segeln
Sexualtherapie
Singen
Soziale Fürsprache
Soziale Organisationen
Soziologie
Spekulation

Sport (professionell)
Steuern
Systemanalysen

Tanzen
Theater

Unterhaltung
Umweltschutz
Urlaubsorte

Veranstaltung
Versorgungsbetrieb

Weltraumfahrt
Werbung
Wissenschaft
Wohltätigkeitsfonds

Zahnmedizin
Zoologie

Veränderliche Interessenkategorie

Menschen, deren *SONNE* in *ZWILLINGE, JUNGFRAU, SCHÜTZE* oder *FISCHE* steht, werden von *BERUFLICHEN UMFELDERN* angezogen, die mit folgendem zu tun haben:

Alkoholische Getränke
Anästhesie
Arbeit bei der Post
Auslandsagenturen
Auslieferung
Autos

Barkeeper
Bücher(eien)
Büroarbeit
Büromaschinen
Busse

Cafés
Cartoons

Dienstmädchen
Drogen
Drucken

Eingravieren
Emigration
Ernährung
Erziehung
Export

Filmemachen
Fotografie
Fußkrankheiten

Gas
Genesungsheime
Gesundheit
Getreide
Graphikdesign
Graphologie

Handel
Handwerk
Haushalt
Heilen
Homöopathie
Humor
Hygiene

Illustration
Import
Informationsdienste

Jagen
Journalismus

Kellner
Kirchen
Kommunikation
Komödie
Konservenfabrik
Krankenhäuser
Kunst
Kurierdienste

Landkarten
Landwirtschaft
Lebensmittelladen
Lehren
Lesen
Literatur

Magie
Maniküre
Maschinenbauingenieur
Mechanik
Medien
Metaphysik
Möbelschreiner
Mystik

Nähen

Öffentliche Reden

Pflegen
Philosophie
Programmieren von
  Computern
Psychische Phänomene

Radiosender
Reinigung
Reise
Reitschulen
Reparaturen
Restaurants
Rundfunk

Sanitäre Anlagen
Schicksalsdeutung
Schiffe
Schilder
Schreiben
Sekretärin
Sprachen
Ställe
Straßeninstandsetzung

Tankstellen
Taxis
Techniker
Technisches Zeichnen
Telefon
Textilien
Tiere
Tiermedizinische Arbeit
Transport

Universität

Verkäufe
Verkleiden
Veröffentlichen

Wäschereien
Warenhaus
Weinhandlung
Werbetexte

Zeitungen
Züge

Ohne Zweifel werden sich einige von Ihnen nicht zu den Merkmalen ihres Sonnenzeichens hingezogen fühlen. Der Grund dafür kann darin liegen, daß einige Menschen nur von der *FUNKTION,* die ihnen durch ihr Marszeichen bestimmt ist, angezogen werden. Die mit ihrem Marszeichen verbundenen beruflichen Umfelder sind die *EINZIGEN* Bereiche, die sie wirklich interessieren. Wenn Sie wissen wollen, ob Sie zu diesen Menschen gehören und in welchem Zeichen Ihr Mars steht, sehen Sie in die Tabellen am Ende dieses Buches (S. 93) nach.

In Wahrheit ist es ohne Belang, ob Ihr *SONNENZEICHEN* oder Ihr *MARSZEICHEN* Ihre Berufswahl bestimmt. Wichtig ist, daß Sie damit beginnen, sich auf Ihre eigenen Bedürfnisse einzustimmen. Es gibt keine Begrenzungen, außer denen, die Sie sich selbst auferlegen.

Schreiben Sie nun, nachdem Sie die Listen durchgesehen haben und hoffentlich einiges entdeckt haben, was Sie anspricht, Ihre Lieblingsbereiche und -tätigkeiten auf:

LISTE NR. 5: MERKMALE MEINES BEVORZUGTEN BERUFLICHEN UMFELDS

_____

_____

_____

_____

_____

Wir werden auf diese Liste beim fünften Schritt zurückkommen. In der Zwischenzeit möchte ich Ihnen weitere wichtige Informationen geben.

Vor einigen Jahren präsentierte ich die in diesem Buch enthaltenen astrologischen Aussagen einer Gruppe von acht in der Berufsberatung tätigen Psychologen. Es ist fast überflüssig zu sagen, daß sie anfangs alles andere als aufgeschlossen waren. Am Ende des Workshops jedoch waren sie (etwas zögernd) einverstanden, dieses Material an ihren Klienten zu testen, nur so aus Neugierde. Sie haben schließlich nicht nur die Richtigkeit der Annahmen bestätigt, sondern setzen seither die Astrologie in ihrer täglichen Arbeit ein.

Gerne teile ich Ihnen dieses Wissen mit, denn es ist nicht nur Theorie. Ich hatte viele Gelegenheiten, es zu überprüfen. 1976 entschloß ich mich, die Theorien an vorderster Front auszuprobieren. Ich machte eine eigene Berufsberatungsfirma auf. Mehrere Jahre lang unterstützte ich kleine Geschäfte und große Firmen bei der Anstellung und Förderung ihrer Mitarbeiter (das Wort »Astrologie« fiel niemals). Genauso wie andere Berufsberater erschien ich bei meinen Firmen mit den typischen Berufseignungstests. Der einzige Unterschied war der, daß ich die Tests, nachdem sie durchgeführt waren, nur kurz ansah und sie dann wegwarf. Die einzige Information, die ich brauchte, war das Geburtsdatum oben auf der ersten Seite.

Waren meine Ergebnisse so gut wie die meiner Konkurrenten? Die Leute, mit denen ich zusammenarbeitete, waren anscheinend dieser Meinung. Der Vizepräsident eines internationalen Unternehmens sagte mir, er habe noch nie zutreffendere Beurteilungen gesehen. Nur ich wußte, daß die Ergebnisse allein aufgrund der Geburtsdaten zustande kamen und nicht aufgrund der Testfragen.

Es gibt in der Astrologie viele Aspekte, die etwas zur beruflichen Eignung aussagen könnten, jedoch sind *SONNE* und *MARS* meiner Erfahrung nach die Hauptfaktoren für die Berufswahl und den Erfolg.

Nachdem Sie nun die Möglichkeit hatten, über Ihre beruflichen Interessen nachzudenken, lassen Sie uns nun zu Ihren *FÄHIGKEITEN* kommen. Denn wenn Sie erst einmal beides, Ihre Interessen und Ihre Fähigkeiten, kennen, ist es nur noch ein Katzensprung zu Ihrem idealen Job, vorausgesetzt, Sie wissen, warum Sie überhaupt einen wollen.

DRITTER SCHRITT

Wie Sie Ihre eigenen Fähigkeiten und Talente erkennen

Berufliche Umfelder und Funktionen

Jeder Job kann auf zweierlei Art definiert werden: durch das Umfeld und durch die Funktion. Wie schon gesagt: Umfelder sind z. B. Werbung, Verlagswesen, Immobilien und Medizin. Und jedes Umfeld ist mit bestimmten Produkten und Dienstleistungen verbunden.

Eine *FUNKTION* dagegen bezieht sich auf das, was die Angestellten innerhalb dieser Umfelder *TUN*, z. B. verkaufen, produzieren, verwalten usw. Es ist wichtig, daß Sie bei der Wahl eines Jobs nicht das *WAS* mit dem *WO* verwechseln. Das *WAS* ist die Funktion, die Sie ausführen möchten, das *WO* das Umfeld, innerhalb dessen Sie diese ausführen möchten.

Viele Menschen werden vom Umfeld Medizin angezogen. Jedoch nicht jeder, der in diesem Umfeld arbeitet, *TUT* das gleiche. Einige wollen vielleicht in der Chirurgie tätig sein, während andere administrative Aufgaben oder Öffentlichkeitsarbeit bevorzugen.

»Moment mal!« entgegnen vielleicht diejenigen, die mit Öffentlichkeitsarbeit zu tun haben. »Öffentlichkeitsarbeit ist ein Umfeld, keine Funktion!«

Öffentlichkeitsarbeit ist ein *UMFELD*, wenn das Produkt oder die Dienstleistung eines Unternehmens Öffentlichkeitsarbeit *IST*. Es ist eine *FUNKTION*, wenn Öffentlichkeitsarbeit eine Aufgabe ist, die *INNERHALB EINES ANDEREN UMFELDES AUSGEFÜHRT WIRD*. Z. B. kann Buchhaltung ein Umfeld sein, wenn der Service, den das betreffende Unternehmen liefert, in Buchhaltung besteht. Wenn Sie jedoch in einem Immobilienbüro Buchhalter werden, führen Sie damit innerhalb des Umfeldes Immobilien eine Funktion aus.

Das Marszeichen und Ihre Fähigkeiten

Ihr Sonnenzeichen zeigt Ihnen Ihre allgemeinen Interessengebiete, aber es ist Ihr Marszeichen, das Ihre Bedürfnisse zur Ausführung bringt. Das astrologische Zeichen, in dem Mars bei Ihrer Geburt stand, zeigt die Art von Dingen an, die Sie gut *TUN* können. Der Planet *MARS* hat sowohl mit *BEDÜRFNISSEN* als auch mit *HANDLUNGEN* zu tun. Er bezieht sich aber auch auf Ihre *FÄHIGKEIT,* etwas zu tun.

Wie schon erwähnt, fällt jedes der zwölf Zeichen in eine der drei Kategorien: kardinal, fest oder veränderlich. Diesmal wollen wir wissen, in welche Kategorie Ihr Mars fällt.

Wenn Sie es nicht schon getan haben, so schlagen Sie jetzt die Marstabellen ab Seite 93 auf, und stellen Sie fest, wo der Mars an Ihrem Geburtstag stand. Finden Sie dann anhand der folgenden Liste heraus, zu welcher Funktionskategorie er gehört.

Marszeichen	*Funktionskategorie*
Mars in Widder	kardinal
Mars in Stier	fest
Mars in Zwillinge	veränderlich
Mars in Krebs	kardinal
Mars in Löwe	fest
Mars in Jungfrau	veränderlich
Mars in Waage	kardinal
Mars in Skorpion	fest
Mars in Schütze	veränderlich
Mars in Steinbock	kardinal
Mars in Wassermann	fest
Mars in Fische	veränderlich

Im folgenden sind die typischen beruflichen Funktionen dargestellt, die den jeweiligen Funktionskategorien entsprechen. Schauen Sie sich die Liste an, die Ihrem Marszeichen entspricht, und stellen Sie fest, ob Sie sich von einigen oder mehreren dieser Funktionen angesprochen fühlen.

Kardinale Funktionskategorie

Menschen, deren *MARS* in *WIDDER, KREBS, WAAGE* oder *STEINBOCK* steht, werden von Aktivitäten angezogen, die die folgenden *FÄHIGKEITEN* erfordern:

Bauen	**M**anagen
Bewachen	**N**ähren
Bewahren	**O**rganisieren
Dekorieren	**P**flegen
Entwerfen	**R**echnen
Expeditionen machen	**S**chlichten
Handeln	**U**nternehmen
Herausfordern	**V**erschönern
Initiieren	**V**erteidigen
Kassieren	**V**erwalten
Konkurrieren	**Z**usammensetzen
Konstruieren	

Feste Funktionskategorie

Menschen, deren *MARS* in *STIER, LÖWE, SKORPION* oder *WASSERMANN* steht, werden von Aktivitäten angezogen, die folgende *FÄHIGKEITEN* erfordern:

Analysieren	**B**erechnen
Anführen	**E**rfinden
Aufführen	**F**ördern
Beeinflussen	**F**orschen
Befragen	**G**elder lockermachen
Beraten	**G**estalten

Glänzen
Kontrollieren
Manipulieren
Probleme lösen

Produzieren
Reformieren
Transformieren
Überzeugen

Veränderliche Funktionskategorie

Menschen, deren *MARS* in *ZWILLINGE, JUNGFRAU, SCHÜTZE* oder *FISCHE* steht, werden von Aktivitäten angezogen, die folgende *FÄHIGKEITEN* erfordern:

Beobachten
Dienen
Erwerben
Heilen
Herausgeben
Illustrieren
Inspirieren
Kommunizieren
Lehren
Nähren
Pflegen

Protokoll führen
Reparieren
Schreiben
Sprechen
Systematisieren
Trainieren
Transportieren
Unterstützen
Verkaufen
Visualisieren

Wie schon erwähnt, werden sich einige von Ihnen von den Funktionen stark angezogen fühlen. Ist dies der Fall, werden Sie feststellen, daß Mars nicht nur der Wegweiser zu Ihren beruflichen Fähigkeiten ist, sondern auch direkt zu den beruflichen Umfeldern, die für Sie attraktiv sind.

Was mich betrifft, so bin ich ständig zwischen den veränderlichen und festen Kategorien hin und her gependelt. Meine Sonne steht in Fische (veränderlich) und mein Mars in Wassermann (fest). Auf der veränderlichen Seite hatte ich hauptsächlich mit Schreiben und Erziehung zu tun. Auf der festen Seite hatte ich hauptsächlich mit Astrologie, Finanzwesen, Psychologie und Berufsberatung zu tun. Schließlich haben sich die beiden Faktoren (veränderlich und fest), wie es oft der Fall ist, vermischt. Als ich technisches Schreiben unterrichtete, erfolgte dies in der Abteilung Computerwissenschaften einer Elektronikfirma. Als ich in der Erwachsenenbildung Kurse gab, ging es um Astrologie usw.

Mein Mann wiederum hat sowohl die Sonne als auch den Mars in veränderlichen Zeichen (Wassermann und Fische). Er hat sich schon immer in den Bereichen Kunst und Schreiben (veränderlich) bewegt, da gab es keine Vermischungen.

Im folgenden gehe ich noch einmal auf die im zweiten Schritt genannten Interessenkategorien ein (S. 27). Betrachten Sie sie diesmal jedoch vom Standpunkt Ihres *MARSZEICHENS* aus. Am Ende jeder Kategorie habe ich Beispiele von Menschen angefügt, deren Ruhm ganz deutlich ein Spiegel Ihrer Marszeichen ist.

Kardinale Interessenkategorie

Menschen, deren *MARS* in *WIDDER, KREBS, WAAGE* oder *STEINBOCK* steht, werden manchmal von den auf Seite 22f. genannten *BERUFLICHEN UMFELDERN* angezogen.

Hier einige Beispiele für berühmte Menschen, deren *MARS* in einem *KARDINALEN* Zeichen steht:

Athleten
Joe Namath, Mars in Widder
Jack Nicklaus, Mars in Widder
Arnold Palmer, Mars in Waage
Charles Atlas, Mars in Waage

Politiker
Willy Brandt, Mars in Krebs
Winston Churchill, Mars in Waage
John Foster Dulles, Mars in Waage
G. A. Nasser, Mars in Waage

Ökonomen, Finanziers, Unternehmer
Henry Ford II., Mars in Krebs
Karl Marx, Mars in Krebs

Bernard Beruch, Mars in Krebs
Wm. Randolph Hearst, Mars in Krebs
John D. Rockefeller, Mars in Waage
John Kenneth Galbraith, Mars in Waage
Alfred Lowenstein, Mars in Steinbock
Walt Disney, Mars in Steinbock
Thomas Edison, Mars in Steinbock
Alexander Graham Bell, Mars in Steinbock

Arbeiterführer, Aktivisten
George Meany, Mars in Widder
Jesse Jackson, Mars in Widder
Walter Reuther, Mars in Steinbock
James Hoffa, Mars in Steinbock

Militärs
William Westmoreland, Mars in Krebs
Dwight D. Eisenhower, Mars in Steinbock

Komponisten
Johann Strauß, Mars in Widder
Franz Schubert, Mars in Widder
Claude Débussy, Mars in Widder
Mitch Miller, Mars in Widder
Paul Simon, Mars in Widder
Art Garfunkel, Mars in Widder
Arthur Fiedler, Mars in Widder
Johannes Brahms, Mars in Krebs
Wolfgang Amadeus Mozart, Mars in Krebs
George Gershwin, Mars in Krebs
Leopold Stokowski, Mars in Krebs
Cole Porter, Mars in Krebs
John Lennon, Mars in Waage
Lawrence Welk, Mars in Waage
Irving Berlin, Mars in Waage
Herb Alpert, Mars in Waage
Felix Mendelssohn, Mars in Waage

Gioacchino Rossini, Mars in Waage
Franz Liszt, Mars in Steinbock
Tommy Dorsey, Mars in Steinbock
Glenn Miller, Mars in Steinbock
Xavier Cougat, Mars in Steinbock

Geldräuber
Al Capone, Mars in Krebs
Bonnie Parker, Mars in Waage
Billy The Kid, Mars in Waage
Clyde Barrow, Mars in Steinbock

Feste Interessenkategorie

Menschen, deren *MARS* in *STIER, LÖWE, SKORPION* oder *WASSERMANN* steht, werden manchmal von den auf Seite 36 genannten *BERUFLICHEN UMFELDERN* angezogen. Einige Beispiele für berühmte Menschen, deren *MARS* in einem *FESTEN* Zeichen steht:

Flieger
Orville Wright, Mars in Skorpion
Frank Borman, Mars in Wassermann
Charles Lindberg, Mars in Wassermann
Howard Hughes, Mars in Wassermann

Filmproduzenten
Stanley Kubrick, Mars in Stier
John Ford, Mars in Stier
Darryl Zanuck, Mars in Löwe
John Huston, Mars in Löwe
Neil Simon, Mars in Löwe
David Susskind, Mars in Wassermann

Ermittler
J. Edgar Hoover, Mars in Stier
Robert Kennedy, Mars in Skorpion

Politiker
(US-Präsidenten)
John F. Kennedy, Mars in Stier
Andrew Jackson, Mars in Stier
Ulysses S. Grant, Mars in Löwe
William Taft, Mars in Löwe
Grover Cleveland, Mars in Löwe
John Tyler, Mars in Löwe
John Quincy Adams, Mars in Löwe
James Monroe, Mars in Löwe
Thomas Jefferson, Mars in Löwe
Franklin Pierce, Mars in Löwe
Herbert Hoover, Mars in Löwe
Harry Truman, Mars in Löwe
George Washington, Mars in Skorpion
William McKinley, Mars in Skorpion
James Garfield, Mars in Skorpion
Martin Van Buren, Mars in Skorpion
Zachary Taylor, Mars in Skorpion
Rutherford Hayes, Mars in Skorpion
Warren G. Hardin, Mars in Skorpion
Woodrow Wilson, Mars in Wassermann

(Andere Führer)
Joseph Stalin, Mars in Stier
Adolf Hitler, Mars in Stier
Leo Trotzkij, Mars in Stier
Benjamin Disraeli, Mars in Löwe
Harold Wilson, Mars in Löwe
Leonid Breschnew, Mars in Skorpion
Dag Hammarskjöld, Mars in Skorpion
Nikita Chruschtschow, Mars in Wassermann
Charles de Gaulle, Mars in Wassermann

Wissenschaftler
Galileo Galilei, Mars in Stier
Sir Isaac Newton, Mars in Stier

Immanuel Velikovsky, Mars in Löwe
Neils Bohr, Mars in Löwe
Nikolaus Kopernikus, Mars in Wassermann
Leonardo da Vinci, Mars in Wassermann

Veränderliche Interessenkategorie

Menschen, deren *MARS* in *ZWILLINGE, JUNGFRAU, SCHÜTZE* oder *FISCHE* steht, werden manchmal von den auf Seite 36 genannten *BERUFLICHEN UMFELDERN* angezogen.

Einige Beispiele für berühmte Menschen, deren *MARS* in einem *VERÄNDERLICHEN* Zeichen steht:

Künstler, Illustratoren
Toulouse Lautrec, Mars in Zwillinge
Walt Kelly (Pogo), Mars in Zwillinge
Paul Cezanne, Mars in Jungfrau
Amadeo Modigliani, Mars in Jungfrau
Auguste Rodin, Mars in Jungfrau
Mort Walker (Beele Bailey), Mars in Jungfrau
Norman Rockwell, Mars in Schütze
Édouard Manet, Mars in Schütze
Vincent van Gogh, Mars in Fische
Anthonis van Dyck, Mars in Fische

Nachrichtensprecher, Interviewer
Harry Reasoner, Mars in Zwillinge
Jack Paar, Mars in Jungfrau
Mike Wallace, Mars in Jungfrau
Jim McKay, Mars in Jungfrau
Walter Cronkite, Mars in Schütze
Ted Mack, Mars in Fische

Schriftsteller
Sir Arthur Conan Doyle, Mars in Zwillinge
Wilhelm Grimm, Mars in Zwillinge

Virginia Woolf, Mars in Zwillinge
Robert Browning, Mars in Zwillinge
Herman Melville, Mars in Zwillinge
F. Scott Fitzgerald, Mars in Zwillinge
Thomas Hardy, Mars in Zwillinge
James Joyce, Mars in Zwillinge
Arthur C. Clarke, Mars in Jungfrau
Upton Sinclair, Mars in Jungfrau
Guy de Maupassant, Mars in Jungfrau
Gilbert Flaubert, Mars in Jungfrau
John Keats, Mars in Jungfrau
Henry Longfellow, Mars in Jungfrau
Ernest Hemingway, Mars in Jungfrau
Mary Shelley, Mars in Jungfrau
Faith Baldwin, Mars in Jungfrau
Emily Brontë, Mars in Jungfrau
Jules Verne, Mars in Jungfrau
Lewis Carroll, Mars in Jungfrau
Ken Kesey, Mars in Schütze
Rudyard Kipling, Mars in Schütze
Edith Wharton, Mars in Schütze
Robert Frost, Mars in Schütze
Eugene O'Neill, Mars in Schütze
Mark Twain, Mars in Schütze
Oscar Wilde, Mars in Schütze
André Gide, Mars in Schütze
Jacob Grimm, Mars in Schütze
Katherine Mansfield, Mars in Schütze
Edna St. Vincent Millay, Mars in Schütze
Jack London, Mars in Fische
Elizabeth Barrett Browning, Mars in Fische
John Milton, Mars in Fische
Henry James, Mars in Fische

ANMERKUNG: Diese Beispiele nennen bei weitem nicht alle berühmten Menschen, auf die die verschiedenen Kategorien zutreffen.

Wenn Sie nach den bisherigen Ausführungen noch immer Schwierigkeiten haben, zu entscheiden, welche der Fähigkeiten und Fertigkeiten auf Sie zutreffen, können Sie noch einige andere Übungen machen, die Ihnen vielleicht weiterhelfen.

Was haben Sie bisher gemacht?

Vielleicht mögen Sie jetzt einfach keine Listen mehr aufstellen. Oder Sie denken vielleicht, daß das, was Sie bisher gemacht haben, auf keinen Fall das ist, was Sie in Zukunft machen wollen, und Sie wollen sich nicht mehr damit auseinandersetzen. Doch denken Sie daran, nichts geschieht zufällig. Alles, was Sie jemals gemacht haben, ist ein Spiegel Ihrer Wünsche und Entscheidungen.

Mein Mann war zunächst skeptisch, als ich ihm dies mitteilte (Sonne in Schütze und Mars in Fische). »Bevor ich meinen jetzigen Beruf ausübte, tat ich nichts anderes, als nach jedem blöden Job zu greifen, damit ich die Miete bezahlen konnte. Ich nahm die Jobs wegen des Geldes an, nicht weil ich sie tun wollte.«

»Kannst du mir ein paar Beispiele nennen?« fragte ich.

Er erzählte mir, wie er Bote, Handwerker und Mädchen für alles bei unterschiedlichsten Unternehmen gewesen war, bis er dann als erfolgreicher Autor und Illustrator Karriere machte.

Ich nickte und bat ihn, noch Genaueres zu erzählen. Nach einigen Minuten reiflicher Überlegung ergab sich folgende Liste nicht chronologisch geordneter Aushilfsjobs:

1. Bote (für eine Druckerei)
2. Arbeit an der Druckerpresse (in einer anderen Druckerei)
3. Schriftsetzer (in einer Druckerei)
4. Bücherpacker (in einer Bücherei)
5. Schilderaufhänger
6. Bedienungshilfe (in einem Restaurant)
7. Hilfsarbeiter in einem Kornspeicher

8. Technischer Zeichner
9. Musterdesigner
10. Fotograf in einer Firma
11. Verkäufer von Grußkarten
12. Freischaffender Werbegrafiker
13. Freischaffender Autor für Fachzeitschriften
14. Herausgeber einer Zeitschrift
15. Verfasser von Werbetexten

Wir ordneten diesen Jobs nun *Funktionen* zu:

Dienstleistung (= Dienen),
Hilfsarbeiten (= Dienen, Unterstützen),
Verkaufen,
Illustrieren,
Schreiben.

Nun, er hatte eine Menge verschiedener Dinge gemacht. Jedoch hatten sie durchaus etwas gemein. Alle diese Tätigkeiten fielen in eine einzige Kategorie (in die, die mit Mars in Fische zu tun hat, die veränderliche Funktionskategorie).

Da tauchte unerwartet eine Freundin auf, die sich gerade nach einem Job umsah. Ich weihte sie in unsere neuesten Erkenntnisse ein.

»Das ist wirklich interessant«, sagte sie, »aber ich habe so wenig gemacht, daß es da gar kein Muster geben kann« (Sonne in Wassermann und Mars in Steinbock).

»Was hast du gemacht?«

»Nun«, fing sie an, »ich habe in einem Maklerbüro gearbeitet, ich habe im Familienunternehmen meines Mannes, einer Elektronikfirma, und für eine kleine Computerfirma gearbeitet.«

»Was hast du bei dem Makler *GETAN*?« fragte ich sie.

»Ich war für die Finanzen zuständig. Ich machte Wertpapiertransaktionen und war für die Bargeldeinlagen auf der Bank verantwortlich.«

»Was hast du in dem Familienunternehmen gemacht?«

»Ich machte die Gehaltszahlungen.«

»Was hast du in der Elektronikfirma gemacht?«
»Ich gab Daten in das Finanzierungssystem ein.«
Erkennen Sie die Ähnlichkeit der Funktionen?

Die zwei Funktionen, die mir auffallen, sind Rechnen und Kassieren (beide gehören zur kardinalen Funktionskategorie, was zu ihrem Mars in Steinbock paßt), und die Umfelder, in denen sie arbeitete, gehören alle in die Kategorie feste berufliche Umfelder (z. B. Investitionen, Elektronik und Computerwissenschaft). Ihre Sonne steht in Wassermann, einem festen Zeichen.

Was würden Sie auf Ihre Liste setzen?

LISTE NR. 6: JOBS UND FUNKTIONEN, DIE ICH AUSGEÜBT HABE

_____

_____
_____
_____
_____

Wofür wurden Sie von anderen gelobt?

Wie schon erwähnt, befinden wir uns immer auf unserem Weg, ob wir es bemerken oder nicht. Und wir bekommen jeden Tag Hinweise auf unsere Begabungen und Talente. Niemand taucht zufällig in Ihrem Leben auf. Und das Feedback, das andere Ihnen geben können (ganz gleich, wie sehr es von deren eigener Wahrnehmung abhängt), kann eine wertvolle Informationsquelle sein. Was haben andere immer über Sie gesagt, oder welche Vermutungen haben Sie über Ihre berufliche Tätigkeit angestellt?

Lassen Sie mich einige Denkanstöße geben. Ein Freund, der Mechaniker ist, erzählte, daß andere ihm immer gesagt hätten, er sei handwerklich geschickt. Eine andere Freundin, die professionelle Sängerin wurde, hörte seit dem zweiten Lebensjahr, sie habe eine wunderbare Stimme. Meine beste Systemanalytikerin wurde schon immer für ihre organisatorischen Fähigkeiten gelobt.

Diese Beispiele lassen den Schluß zu, daß man sich zu dem, wofür man gelobt wird, hingezogen fühlt. Wenn man zudem die Horoskope dieser Menschen betrachtet, erfährt man, daß sie mit diesen Talenten geboren sind: Der Mars des Mechanikers steht in Zwillinge, der der Sängerin in Stier und der der Systemanalytikerin in Jungfrau.

Hat Lob irgendeine Wirkung auf das, was wir tun? Natürlich, genauso wie Gene, Umwelt usw. Die Tatsache, daß jemand seinen Mars in Stier hat, bedeutet nicht, daß er unbedingt Sänger werden will. Die Umgebung, in die wir hineingeboren werden, und die Art und Weise, wie unsere Begabungen gefördert werden, spielen eine entscheidende Rolle bei der Gestaltung unseres Lebens. Aber die astrologischen Anlagen, die von Geburt an da sind, sind der eigentliche Motor.

Wie sieht Ihre Liste aus?

LISTE NR. 7: DINGE, FÜR DIE ICH SCHON IMMER GELOBT WURDE

_____

_____

_____

_____

_____

Wofür wurden Sie von anderen kritisiert?

Warum sollten Sie jetzt noch eine Liste von Dingen machen, für die Sie schon immer kritisiert wurden? Um in Ihren Fehlern zu schwelgen? Nein! Vielmehr werden unsere Schwächen oft interessanterweise zu unseren größten Stärken.

Warum? Weil die Kraft zum Brennpunkt unserer Aufmerksamkeit fließt. Menschen, die mit Organisation Schwierigkeiten hatten, wachsen später oft zu regelrechten Experten heran. Stotterer werden öffentliche Redner. Und Menschen, die körperlich schwach waren, werden bekannte Athleten und Bodybuilder. Was möglicherweise auf den unteren Ebenen unseres Bewußtseins hinderlich erscheint, kann auf höheren Ebenen ein machtvolles Potential für den Erfolg werden, wenn die Konflikte zu verdichteter Energie werden. Denken Sie z. B. an den bekannten Fernsehmoderator Dieter T. Heck, der in seiner Kindheit ein Stotterer war und heute ein anerkannter »Schnellsprecher« ist! Gibt es auch in Ihrem Leben etwas, was Sie überwinden mußten und was später das Potential zu einem Ihrer stärksten Aktivposten lieferte?

Liste Nr. 8: An welchen Schwächen arbeite ich, um sie zu überwinden?

_____

_____

_____

_____

_____

Nachdem Sie sich nun über Ihre Fähigkeiten klargeworden sind, sollten Sie alle Informationen aus den Listen Nr. 6, Nr. 7 und Nr. 8 in einer übergeordneten Liste zusammenfassen. Schreiben Sie Ihre wichtigsten Fähigkeiten auf. Wir werden diese Liste brauchen, wenn wir zum fünften Schritt kommen.

Liste Nr. 9: Meine herausragendsten Fähigkeiten

_____

_____

Wir kommen nun zum letzten Punkt der Faustregel für Ihre Berufswahl, dem *ARBEITSSTIL*.

Lebensziele + Interessen + Fähigkeiten + Arbeitsstil = Ihr spezifischer Job / Ihre berufliche Laufbahn

Die Kenntnis Ihres Arbeitsstils soll Ihnen helfen, Ihre möglichen beruflichen Tätigkeiten noch mehr einzugrenzen.

VIERTER SCHRITT

Wie Sie Ihren bevorzugten Arbeitsstil ermitteln

Die vier Arbeitsstile

Nachdem Sie nun wissen, von welchen beruflichen Umfeldern Sie angezogen werden und was Ihre Begabungen und Talente sind, können wir uns dem nächsten Faktor unserer Faustregel zuwenden. *WIE* arbeiten Sie gerne? Mit anderen? Alleine? Im Team? *WAS IST IHR ARBEITSSTIL?*

DOMINANTE ALLEINGÄNGER arbeiten gerne alleine. Sie mögen Verantwortung und lieben es, Übersicht zu haben. Dominante Alleingänger fühlen sich als Selbständige oder in Führungspositionen am wohlsten.

TEAMARBEITER arbeiten gerne mit anderen Menschen. Sie mögen Gruppendynamik und Wettbewerb. Teamarbeiter fühlen sich am wohlsten innerhalb von Organisationen oder Firmen, entweder im Management oder im Teamwork.

FREIGEISTER haben gerne andere Menschen um sich, aber sie mögen, im Gegensatz zu den Teamarbeitern, die Herausforderung von Gruppeninteraktionen nicht. Freigeister lieben ebenfalls die Unabhängigkeit, aber im Gegensatz zu den dominanten Alleingängern wollen sie keine Verantwortung. Freigeister geben wunderbare Verkäufer, freischaffende Arbeiter und Verbindungsmänner ab.

ARBEITSBIENEN arbeiten gern in helfenden Berufen, als Krankenschwester, Sekretärin, Kellner, Tankwart oder Angestellter in Läden. Arbeitsbienen mögen Routine und Stabilität.

Auch beim Arbeitsstil liefert uns die Astrologie interessante Erkenntnisse. Menschen mit dem *MARS* in einem *FESTEN ZEICHEN* (s. Liste unten) fallen in die Kategorie *DOMINANTER ALLEINGÄNGER*. Menschen mit dem *MARS* in einem *KARDINALEN ZEICHEN* sind *TEAMARBEITER*, und Menschen mit dem *MARS* in einem *VERÄNDERLICHEN ZEICHEN* fallen in die Kategorien *FREIGEISTER* oder *ARBEITSBIENEN*.

Menschen, deren Mars sich in einem veränderlichen Zustand befindet, können leicht zwischen dem Arbeitsstil der Freigeister und dem der Arbeitsbienen wechseln; normalerweise haben sie in ihrer Laufbahn beide Arbeitsstile praktiziert. Wenn einer dem anderen vorgezogen wird, liegt der Grund darin, daß ein anderer Faktor im Horoskop die Balance in Richtung Bedürfnis nach Routine oder Bedürfnis nach Unabhängigkeit verschoben hat.

Festes Zeichen	**Kardinales Zeichen**	**Veränderliches Zeichen**
dominante Alleingänger	*Teamarbeiter*	*Freigeister, Arbeitsbienen*
Stier	Widder	Zwillinge
Skorpion	Krebs	Jungfrau
Wassermann	Waage	Schütze
Löwe	Steinbock	Fische

Mars in einem festen Zeichen

Für Menschen mit dem Mars in einem festen Zeichen ist es sehr schwierig, für andere zu arbeiten. Sie bevorzugen die Selbständigkeit oder zumindest die Arbeit in einer Führungsposition.

Wenn Sie zum dritten Schritt Seite 36 zurückschlagen, werden Sie feststellen, daß ein Großteil der amerikanischen Präsidenten den Mars entweder in Stier, Löwe, Skorpion oder Wassermann haben – wie viele andere führende Politiker. Typischerweise haben Ärzte mit eigener Praxis, wissenschaftliche Forscher, die so gut wie isoliert arbeiten, und Vorsitzende von großen Organisationen ihren Mars ebenfalls in einem festen Zeichen.

Es erfordert sehr viel Mut und Ausdauer, um selbständig oder in einer Führungsposition zu arbeiten. Um hier erfolgreich zu sein, muß man mit anderen starken Persönlichkeiten an vorderster Front umgehen können. Viele Menschen könnten ein eigenes Geschäft haben oder könnten Führungspositionen einnehmen, aber die Frage ist, ob sie es genießen würden.

Entspricht es Ihrer Natur? Sie können alles tun, wenn Sie es wirklich wollen, aber dann taucht die Frage nach dem Warum und nach dem Preis auf, den man dafür zahlt. Wenn Sie nicht von Natur aus für eine bestimmte Aufgabe geschaffen sind, warum sollten Sie sie ausführen?

Ein typisches Beispiel für jemanden, der etwas sein möchte, was er nicht ist, ist mein Bekannter Jim. Er ist ein Löwe mit dem Mars in Fische. Wenn man ihn nach seinen beruflichen Bedürfnissen fragt, wird er antworten, daß er gerne ein eigenes Geschäft besitzt und managt. Er wird des weiteren sagen, daß er ein exzellenter Promoter ist und daß er Herausforderungen und Aufregungen liebt. Dies ist Jims Selbstbild. Vor zwanzig Jahren erbte Jim die Teilhaberschaft eines Verlags. Dieses Unternehmen sollte eigentlich die Spielwiese sein, auf der er sich aus seiner Sicht wohl fühlt. Zehn katastrophale Jahre später wurde Jim als Vorsitzender abgewählt und schließlich gefeuert. Danach eröffnete er sein eigenes Geschäft im Bereich von Verlagswesen, Marketing und Verkauf und führte es innerhalb von weniger als zwei Jahren in den Bankrott. Danach startete er zwei weitere selbständige Unternehmen – das eine hat mit Seminaren zu tun, das andere mit einem eigenen Verlag –, die jetzt ebenfalls vor dem Zusammenbruch stehen.

Warum hat er ständig Mißerfolge? Die erste auf der Hand liegende Antwort lautet natürlich, daß Jim negativ ist. Woher wissen wir, daß er negativ ist? Aufgrund der negativen Umstände, die er anzieht. Die andere mögliche Antwort lautet, daß er, obwohl er sich in den richtigen Umfeldern bewegt (Mars in Fische = Verlagswesen, Verkauf, Seminararbeit), das Pferd von der falschen Seite aufzäumt – Führungsposition statt helfende, unterstützende Tätigkeit.

Menschen mit dem Mars in Fische fühlen sich bei selbständiger Arbeit nicht wohl. Obwohl Jim mit seiner Sonne in Löwe denkt, er solle Verantwortung tragen, mag es sein Mars in Fische nicht, an vorderster Front zu stehen. Menschen mit dem Mars in einem veränderlichen Zeichen wollen eigentlich nicht ständig neues Territorium erobern. Sie fühlen sich am wohlsten hinter den Kulissen oder in einem geschützten Rahmen.

Jim hat sein Bedürfnis, ein Freigeist zu sein, mit dem Bedürfnis, selbständig zu arbeiten, verwechselt; beides sind unterschiedliche Bedürfnisse. Jim könnte mit allem möglichen Erfolg haben, wenn er mit seiner inneren Natur in Einklang wäre. Es ist jedoch zweifelhaft, ob er sich, wenn er es wäre, dem Streß der Selbständigkeit aussetzen würde. Wenn ein Mensch eine bestimmte Tätigkeit wählt, ohne seinen bevorzugten Arbeitsstil in Betracht zu ziehen, wächst die Wahrscheinlichkeit, daß er scheitert.

Eine andere Bekannte, Julie, ist eine Fische-Frau mit dem Mars in Löwe (umgekehrt wie bei Jim), die als Systemanalytikerin in einer großen Firma arbeitet und sich gerade einer Therapie unterzieht. Sie ist von ihrem Job schrecklich frustriert. Sie mag die Arbeit an sich, aber die Menschen, für die sie arbeitet, machen sie verrückt. Ihrer Ansicht nach scheint in ihrer Abteilung niemand zu wissen, was er tut. Sie packen eine Sache an, und im nächsten Augenblick beschäftigen sie sich wieder mit etwas anderem.

Hat sie ihre Frustration dem Management mitgeteilt? O ja! Sie können sich nicht vorstellen, wie oft sie ihre Meinung über die falsche Arbeitsweise mitgeteilt hat. Können Sie sich vorstellen, wie angetan man davon war?

Ich fragte Julie, warum sie sich nicht nach einem anderen Job umgesehen hat.

»Was soll die Mühe!« knurrte sie. »Es ist doch überall dasselbe! Im Management weiß niemand, was er eigentlich tut!«

Julies Problem ist, daß sie keine gute Angestellte abgibt (Mars in Löwe). Sie will Verantwortung tragen, aber sie hat einen Job angenommen, in dem sie eine untergeordnete Funktion hat. Und das ist der springende Punkt. Sie kann nicht zur gleichen Zeit führen und sich unterordnen, und sie wurde angestellt, um sich unterzuordnen.

Mars in einem kardinalen Zeichen

Menschen mit dem Mars in einem kardinalen Zeichen sind ihrer Natur nach Teamarbeiter. Oft schauen mich Menschen mit dem Mars in Widder, Krebs, Waage oder Steinbock jedoch mißtrauisch an, wenn ich von Teamarbeit rede, und brummen: »Du machst Scherze! Wenn überhaupt, falle ich in die Kategorie dominante Alleingänger.«

Wenn ein kardinales Zeichen den Sozialisationsprozeß behindert, sieht es tatsächlich so aus, als wäre er ein dominanter Alleingänger – wenn man Streitlust und Aggressivität als Charakterzüge des dominanten Alleingängers betrachtet, was ja nicht stimmt!

Wenn Sie zum dritten Schritt (s. S. 36) zurückblättern, werden Sie feststellen, daß Militärs sowie Wettkampfsportler in die Kategorie Mars in einem kardinalen Zeichen fallen. Kardinale Zeichen brauchen die Reibung mit anderen, sie müssen konkurrieren, während dominante Alleingänger ohne viel menschliche Interaktion völlig auf sich gestellt arbeiten können. Um z. B. in einer Manager- oder Unternehmerposition erfolgreich zu sein, braucht man die Charakteristika eines kardinalen Zeichens; denn der Schlüssel zum Erfolg liegt in der Arbeit mit anderen Menschen.

Eine sehr gute Freundin von mir, Maggi, baute eine der erfolgreichsten Rehabilitationskliniken mit angeschlossener Berufsberatung auf. Ihr Mars steht in Widder. Sie zog fragend die

Augenbrauen hoch, als ich ihr von den Charakteristika des Mars in einem kardinalen Zeichen erzählte. »Aber ich habe immer als Selbständige gearbeitet«, wandte sie ein.

Zu der Zeit, als wir darüber diskutierten, hatte sie gerade ihr Berufsberatungsunternehmen verkauft und startete eine neue Art von Beratungspraxis.

»Warum hast du dieses Unternehmen verkauft?« fragte ich sie.

»Weil ich all diesen Kleinkram satt habe. Und eine Gruppe von Menschen zu managen, ist ein Streß.« (Sie hatte zuletzt sieben Psychologen in ihrem Unternehmen angestellt. Kardinale Zeichen hassen es, allein zu arbeiten.)

»Wie läuft dein neues Geschäft?«

»Großartig. Ich teile mein Büro mit einem Kollegen, und wir planen zusammen einige Workshops und Seminare. Ach, übrigens, es gibt ein paar Sachen, die du vielleicht mit uns zusammen machen möchtest.«

Einer der Unterschiede zwischen Teamarbeitern und dominanten Alleingängern besteht darin, daß Teamarbeiter gerne ein Geschäft aus dem Boden stampfen, aber sich nicht gerne längerfristig auf das Führen eines Unternehmens einlassen. Sie tun sich dann unweigerlich mit mindestens einer anderen Person zusammen (oder laden andere zum Mitmachen ein).

Es besteht kein Zweifel, daß Maggi in ihrem neuen Unternehmen Erfolg haben wird. Genausowenig Zweifel besteht darüber, daß sie sich ins nächste Abenteuer stürzen wird, sobald der Reiz des Neuen nachgelassen hat.

Kardinale Zeichen sind Durchstarter, wie Katalysatoren, die die Dinge in Bewegung bringen. Sie führen andere zusammen, um etwas effektiv durchzuführen, am besten im Team.

Mars in einem veränderlichen Zeichen

Die beste Sekretärin, die ich je hatte, war eine Widder-Frau mit dem Mars in Schütze. Sie hatte ein ausgezeichnetes Gedächtnis, beachtete Details und Routinearbeit frustrierte sie nie.

Die Astrologen unter Ihnen schütteln jetzt vielleicht den Kopf. Feuerzeichen (Widder, Löwe und Schütze) werden normalerweise nicht als Liebhaber von methodischem Arbeiten oder Routine betrachtet. Bei der Wahl eines zufriedenstellenden Berufs dominieren jedoch die Kreuze (kardinal, fest und veränderlich) und nicht die Elemente (Feuer, Luft, Erde und Wasser).

Wenn Sie die Beispiele für Berufe von veränderlichen Zeichen im dritten Schritt (s. S. 36) nachschlagen, wird Ihnen auffallen, daß Schriftsteller ihren Mars nicht nur in Zwillinge und Schütze (den offensichtlichen Kommunikationszeichen) haben, sondern auch in Jungfrau und Fische. Genauso haben Krankenschwestern und Künstler ihren Mars oft in Schütze und Zwillinge (nicht nur in Jungfrau und Fische, wie man vielleicht erwarten würde).

Ich fragte meine Sekretärin einmal, ob sie mit ihrer Tätigkeit wirklich zufrieden sei oder ob sie irgendwelche geheimen Phantasien habe.

»Das, was ich tue, tue ich wirklich gern. Aber ich glaube, wenn Geld keine Rolle spielte, würde ich in einem Naturkostladen arbeiten.«

»Würden Sie gerne selbst einen besitzen?«

»Um Himmels willen, nein!«

Oftmals stellen Menschen mit dem Mars in einem veränderlichen Zeichen in der Berufsberatung die schwierigsten Fälle dar. Der Grund ist, daß die Berufe von festen und kardinalen Zeichen in unserer Gesellschaft einen höheren Status haben und mehr Anerkennung erhalten.

Wenn Sie auf einer Party wären und von jemandem gefragt würden, was Sie tun, was würden Sie lieber sagen: »Ich bin der Boß eines Verlags« oder »Ich bin Strumpfhosenverkäufer in einem Kaufhaus«?

Ich kenne Strumpfhosenverkäufer, die eine Menge mehr Geld verdienen als der ein oder andere mir bekannte Verleger, aber die Berufsbezeichnungen finden in sozialer Hinsicht nicht die gleiche Anerkennung. Es ist daher verführerisch, etwas sein zu wollen, was man nicht ist, um auf der sozialen Stufenleiter höher zu stehen. Immer wieder haben mich Sekretärinnen, Telefonistinnen, Tankwarte und Tellerwäscher aufgesucht, um bei mir über ihr hartes Los zu klagen. Jeder von ihnen ist sich sicher, daß er, hätte er eine faire Chance gehabt, zumindest Kernphysiker geworden wäre.

Aber das stimmt nicht. Gewöhnlich stellt sich heraus, daß sie, abgesehen von zwischenmenschlichen Konflikten, die sie durch Negativität schaffen, das, was sie tun, eigentlich mögen. Sie haben einfach Schuldgefühle, daß sie nichts Höheres anstreben.

Hier ein typischer Wortwechsel:
Ich: »Wie verdienen Sie im Moment Ihren Lebensunterhalt?«
Er: »Oh, ich arbeite an einer Tankstelle.«
Ich: »Gefällt es Ihnen?«
Er: »Es ist okay, aber es ist nur etwas Vorübergehendes, bis ich einen besseren Job finde.«
Ich: »Wie lange machen Sie diese Art von Arbeit schon?«
Er: »Oh, etwa fünfundzwanzig Jahre...«

Wenn Sie von Ihrem Typ her ein veränderliches Zeichen sind und Dienstleistungs- und Hilfsarbeiten wirklich genießen, ist es sehr wichtig, daß Sie lernen, Ihr Selbstwertgefühl nicht von der Berufsbezeichnung abhängig zu machen. Der einzige, der Ihren Wert einschätzen kann, sind Sie selbst! Und Sie werden viel glücklicher sein, wenn Sie Ihre Arbeit (die Ihrem Sinn und Zweck entspricht) genießen, als wenn Sie sich darüber Gedanken machen, wie andere Sie möglicherweise beurteilen. Ihre Urteile sind deren Problem.

»Wenn jemand dazu berufen ist, ein
Straßenkehrer zu sein, sollte er Straßen kehren,
so wie Michelangelo malte
oder Beethoven Musik komponierte
oder Shakespeare dichtete.

Er sollte die Straßen so gut kehren,
daß alle Gäste des Himmels und der Erde Rast machen
und sagen: Hier lebte ein großartiger Straßenkehrer,
der seine Arbeit gut machte.«

Martin Luther King jr.

Warum soll man die Leistung von Bienen und Bibern in Frage stellen? Ein Biber wird nie eine Wabe mit Honig füllen, und eine Biene wird niemals einen Damm bauen. Sie sollten es auch nicht versuchen.

Oft erweisen sich Menschen in gehobenen Stellungen als äußerst inkompetent. Dies kommt oft daher, daß diese Menschen des hohen Status und Einkommens wegen in höhere Positionen drängen, anstatt ihre wahren Interessen zu verfolgen.

Das geht ungefähr so vor sich: Der Vizepräsident einer Marketingabteilung beschließt, die Firma zu verlassen. Wer wird an seine Stelle treten? Verbunden mit dem Job sind eine lange Arbeitszeit und sehr wenige soziale Kontakte. Es ist vorwiegend eine analytische und beratende Position. Das Management schaut sich um und stellt fest, daß Bob Smith, Projektmanager in der Marketingabteilung, einige hervorragende Erfolge gehabt hat. Sie bieten ihm den Job an.

Bobs Mars steht in Waage. Seine bisherige Arbeit hat er gemacht, weil er ein geborener Teamarbeiter ist. Die Menschen, die für ihn arbeiten, tun alles, um es ihm rechtzumachen. Bob liebt das, was er tut, aber der Gedanke, Vizepräsident mit entsprechendem Gehalt zu werden, ist zu verführerisch. Er akzeptiert.

Nun braucht die Firma jemanden, der Bobs Stellung einnimmt. Also sieht sie sich wieder um und bemerkt, daß Jim Jones, Verkaufsrepräsentant für den Marketingbereich, auf diesem Gebiet eindrucksvolle Arbeit geleistet hat. Sie bieten ihm Bobs Job an.

Jims Mars steht in Schütze. Er liebt Handlungsfreiheit und mag keine sozialen Spiele. Jim liebt den Verkauf, aber dem Gedanken, ein ausgewachsener Manager mit entsprechendem Gehalt zu werden, kann er nicht widerstehen. Er akzeptiert den Job.

Wirklich interessant könnte es nun werden, wenn sie Jims alten Verkaufsjob Barbara Brown, deren Mars in Wassermann steht, anbieten. Barbara ist Sozialpsychologin und will im Marketingbereich arbeiten. Da es schwer ist, eine Anstellung zu bekommen, denkt sie, dieser Verkaufsjob sei ein prima Anfang.

Was läuft hier schief? Das kann ich Ihnen sagen. Bob wird wahrscheinlich aufgrund des ständigen Drucks und des Stresses – da er einen Job ausübt, für den er nicht geschaffen ist – ein Magengeschwür entwickeln. Jim wird wahrscheinlich Rückenprobleme bekommen, weil seine Mitarbeiter ihm ständig Entscheidungen aufbürden, für die er sich überhaupt nicht interessiert. Und Barbara wird sich fleißig zur Vizepräsidentin hochkämpfen, einer Stellung, für die sie im Grunde geschaffen ist. Aber vorher wird sie sich noch selbst und den anderen Mitarbeitern der Marketingabteilung Kopfzerbrechen bereiten.

Die Kenntnis Ihres Arbeitsstils gibt Ihnen den letzten Hinweis für die richtige Berufswahl. Wenn Sie wissen, welches Umfeld und welche Funktion Sie interessieren und welcher Arbeitsstil Ihnen gemäß ist, werden Sie in der Lage sein, sich den richtigen Job zu suchen. Wenn Sie im Umfeld Elektronik arbeiten und eine Marketingfunktion ausüben wollen, müssen Sie sich klarwerden: Wollen Sie das Unternehmen besitzen, eine Abteilung managen oder Dienstleistungs- oder Hilfstätigkeiten innerhalb einer Abteilung ausführen?

Im fünften Schritt werden wir verschiedene Möglichkeiten besprechen, diese *INFORMATIONEN* zu *KOMBINIEREN* und unsere Faustregel abzurunden.

FÜNFTER SCHRITT
Wie Sie den idealen Job finden

Lebensziele

Nachdem Sie nun Ihre Lebensziele, Ihre beruflichen Interessen, Ihre Fähigkeiten und Ihren Arbeitsstil reflektiert haben, können Sie jetzt jeden dieser Faktoren als Ausgangspunkt benutzen, um einen spezifischen Job anzupeilen und den nächsten Schritt auf Ihrem beruflichen Weg zu machen.

**Lebensziele + Interessen + Fähigkeiten + Arbeitsstil =
Ihr spezifischer Job / Ihre berufliche Laufbahn**

Es gibt viele Jobs, die sie tun könnten, und viele davon werden Sie wahrscheinlich ausüben, bevor Sie am Ende Ihres Weges angekommen sind. Denn ein Job ist, wie Sie sich erinnern werden, nur ein Schritt auf Ihrem Weg. Das Wichtige bei der Wahl Ihres Jobs ist, daß Sie wissen, *WARUM* Sie sich für ihn entscheiden.

Ich hatte gerade die Hälfte dieses Buches geschrieben, als das Telefon läutete. Eine Astrologin, die ich schon mehrere Jahre kannte, wollte sich einige Zeit freinehmen, um zu schreiben, und hoffte, daß ich ihre Praxis eine Zeitlang übernehmen würde. Zu dieser Zeit war ich mehrere Jahre lang zu Hause gewesen, schrieb, gärtnerte, pflegte Freundschaften und absolvierte gelegentliche Gastspiele.

»Arbeit!« schrie meine linke Gehirnhälfte. »Sag nein, absolut nein!«

Nun, normalerweise verwende ich jede Woche ein wenig Zeit auf das Schreiben, aber aus irgendeinem Grund fühlt es sich nie wie Arbeit an (das ist dann der Fall, wenn man genießt, was man tut). Aber hier war jemand, der mir vorschlug, mehrmals die Woche in ein Büro zu gehen und mit Fremden zu reden. Ich merkte, wie ich zurückwich. »Warum soll ich dies tun?« fragte ich mich. »Welchen Sinn ergibt das für mich?«

Plötzlich kamen mir verschiedene finanzielle Gründe in den Kopf: einige Rechnungen, die bezahlt werden mußten, und eine Reise nach Europa (ich war noch nie dort gewesen). Ganz klar, dieser Job würde mich meinen Zielen näher bringen. Es war nur die Frage, welchen Preis ich dafür bezahlen mußte. Ich liebe Astrologie, ich liebe es, Menschen zu helfen, und es könnte Spaß machen, in einem Büro zu arbeiten. Warum zögerte ich noch?

Tief drinnen in mir wußte ich es. Meine bisherigen Erfahrungen mit Astrologie und Beratung waren nicht angenehm gewesen. Ich hatte eine Abneigung gegen Zweifler, Skeptiker, nur intellektuell Interessierte. Ich wollte mich nicht wieder so verletzbar machen. Es war viel einfacher, zu Hause zu sein und Menschen um mich zu haben, mit denen ich mich wohl fühlte.

»Du lieber Himmel«, sagte ich zu mir selbst. »Du willst also nicht rausgehen und deine Fähigkeiten anderen zugute kommen lassen, um damit das zu erreichen, was du haben willst, weil du Angst hast, daß dich jemand angreift? Hast du nichts dazugelernt? Weißt du nicht, daß nicht die anderen das Problem sind, sondern deine Reaktion auf sie? Willst du dich nicht lieber mit den Gründen auseinandersetzen, warum du negative Situationen auf dich ziehst?«

»Ja, klar. Es würde mich freuen, deine Praxis zu übernehmen«, sagte ich ins Telefon, wobei ich versuchte, die aufkommende Panik zu unterdrücken.

Folgendes geschah, nachdem ich das Angebot akzeptiert hatte: In der ersten Woche zog ich all die Klienten an, vor denen ich immer Angst gehabt hatte. Nach zwei Wochen hatte ich eine so starke Grippe, daß ich kaum zur Arbeit konnte. Am Ende der dritten Woche hatte ich eine so schlimme Kehlkopfentzündung, daß ich alle Termine absagen mußte.

Nun, es ist wirklich toll, wenn einem ein Licht aufgeht! Tatsächlich passierte in der vierten Woche etwas. Meine Heilung begann. Und eine andere Art von Klienten (zumindest meiner Wahrnehmung nach) tauchten auf. Sie waren wunderbar! Ich war jetzt auf dem besten Weg, meine Ziele – eine Reise nach Europa und ein wenig zusätzliches Einkommen – zu erreichen.

Dann klingelte das Telefon erneut. Ein Agent aus Santa Fe, der den Venus-Faktor gelesen hatte, fragte, ob ich einem deutschen Verlag, den er vertrat, die Lizenz verkaufen wolle. Ich sagte ja. Nicht nur, daß ich jetzt in einem neuen Verlag publiziert wurde, ich hatte nun auch die Möglichkeit, nach Europa zu reisen, und das Geld, die Rechnungen zu bezahlen. Es ist manchmal seltsam, wie das Universum funktioniert.

Es gibt verschiedene Gründe, warum ich Ihnen diese Geschichte erzähle: Zum einen will ich Sie anregen, darüber nachzudenken, warum Sie arbeiten. Zum anderen möchte ich Sie ermutigen (auf Gebieten, wo eindeutig Ihre Talente liegen), Dinge auszuprobieren, auch wenn Sie Angst davor haben. Es ist erstaunlich, wie schnell man seine Angst überwinden kann, wenn man es wirklich versucht. Der Lohn kann wunderbar sein. Theoretisch sollte man nur das tun, was man gerne tut, aber manche Menschen sind so voller Angst, daß es eigentlich nichts gibt, was sie wirklich gerne tun. Bei ihnen sind alle Möglichkeiten von der Angst vor Schmerz und vor dem Scheitern blockiert.

Mein Ziel ist, nur das zu tun, was zu größerem körperlichen, geistigen, emotionalen und spirituellen Wohlbefinden führt. Ich weiß jedoch, daß ich dies nicht erreichen kann, indem ich Schwierigkeiten ausweiche. Wo Angst vorherrscht, muß der Verstand die Gefühle an der Hand nehmen und sie sanft, aber bestimmt dorthin führen, wo sie »erkennen«, daß ihnen nichts geschieht.

Es gibt noch einen dritten Grund, warum ich Ihnen diese Geschichte erzähle: Wenn Sie wissen, was Sie im Leben wollen, brauchen Sie sich keine Sorgen darum machen, *WIE* das Glück zu Ihnen kommen wird; es wird Sie finden. Sie müssen nur wissen, was Sie wollen, und gewillt sein, *ETWAS* dafür zu *TUN*.

Eine Vorstellung davon zu haben, was man will, ist wunderbar. Denn daraus erwachsen alle Möglichkeiten. Es wird aber erst dann geschehen, wenn Taten folgen: Vorstellungen ohne Taten sind nur Tagträume. Und es ist nicht immer entscheidend, *WAS* man tut. Allein die Tatsache, *DASS* man etwas tut, zählt. *DAS TUN BESTÄTIGT DIE ABSICHT*.

Aber wie können Sie wissen, was am besten zu tun ist, wenn zwischen dem, was Sie tun, und dem, was Sie ernten, kein Gleichgewicht besteht? Die Antwort ist einfach. Sie können nichts falsch machen, wenn Ihre Handlungen von Liebe getragen sind. Denn positive Handlungen erzeugen positive Umstände. Es ist möglich, daß Sie zum gegenwärtigen Zeitpunkt die Bedeutung von manchen Dingen, die Sie in Bewegung setzen, nicht einschätzen können. Richten Sie deshalb, wenn Sie Ihre Zukunft planen, an das Universum folgende Mitteilung: »Ich will dies oder etwas Besseres.« Schränken Sie Ihre Möglichkeiten nie ein.

Sie werden sehen, daß sich der mehrfach erwähnte Satz bewahrheitet: Wenn Sie einmal wissen, *WARUM*, wird sich das Ihrer Bestimmung entsprechende *WAS* von selbst einstellen.

Interessen

Vergegenwärtigen Sie sich mit Hilfe der Liste Nr. 5 Seite 34 all die Berufsfelder, die Sie interessieren, ganz gleich, wie weit entfernt sie von Ihrem gegenwärtigen Job oder Ihrer Ausbildung erscheinen mögen. Seien Sie ehrlich, und lassen Sie nichts weg. Wenn Sie nur Dinge notieren, von denen Sie annehmen, daß Sie ihnen gewachsen sind, legen Sie sich selbst auf Ihre Vergangenheit und Ihre gegenwärtigen Überzeugungen fest. Wenn Sie dagegen aufschreiben, was Sie wirklich wollen, öffnen Sie sich selbst unbegrenzten zukünftigen Möglichkeiten.

Eine Möglichkeit, die eigene Ehrlichkeit zu testen, besteht darin, jedes Wort auf der Liste sehr langsam zu lesen und die eigenen Reaktionen darauf zu beobachten. Wenn ich auf meine Liste Dinge setze, von denen ich glaube, sie »sollten« dort sein, stelle ich fest, daß meine Augen sehr schnell darüber hinweghuschen oder daß sich mein Magen leicht zusammenzieht. Bei den Dingen, bei denen ich mich wirklich gut fühle, kann ich meine innere Stimme sagen hören: »Toll! Wäre das nicht fantastisch?«

Lesen Sie nun Ihre Liste so oft durch, bis sich drei bevorzugte Berufsfelder herauskristallisieren.

Meine Liste sah dann so aus:
Schreiben,
Astrologie,
Psychologie.

Als ich am Anfang »Schreiben« auf meine Liste setzte, fand ich es lächerlich. Ich hatte noch nie ein Buch geschrieben, ich kannte niemanden, der das getan hatte, und ich wußte, daß es ungeheuer schwer war, einen Verleger zu finden. Ich kann Ihnen sagen, daß es wirklich relativ leicht ging, nachdem ich einmal die Entscheidung zu schreiben getroffen hatte. Ich saß etwa sechs Monate lang in meiner Mansardenwohnung und tippte, fast versunken in Stößen von Papier. Am Ende hatte ich ein fertiges Manuskript in der Hand und brauchte eine Pause.

»Zufällig« sah ich die Ankündigung eines Vortrags. Er hieß »Die Kraft der Gedanken«. Wie konnte ich dem widerstehen? Ich ging zu dem Vortrag, entdeckte aber dann am Eingang, daß er von der Kirche veranstaltet wurde. Nach einigem Zögern ging ich hinein. Nach dem Vortrag kam die Rednerin auf mich zu und fragte mich, wer ich sei und was ich mache. Ich erzählte es ihr.

»Wie schön«, sagte sie. »Ich kenne den Menschen, mit dem Sie Kontakt aufnehmen sollten!« Sie bewerkstelligte ein Treffen, und im nächsten Sommer wurde mein Buch veröffentlicht.

Wenn Sie wissen, was Sie im Leben wollen, und gewillt sind, Ihre Träume in die Tat umzusetzen, wird Ihnen das Universum alles liefern, was Sie brauchen. Und da Sie wissen, welche Berufsfelder Sie interessieren, geht es nun darum, herauszufinden, was Sie dort tun wollen.

Fähigkeiten

Greifen Sie auf die Liste Nr. 9, die Liste Ihrer herausragendsten Fähigkeiten, Seite 50 zurück, und wählen Sie Ihre drei liebsten Tätigkeiten aus.

Folgendes kam bei mir heraus:
Schreiben,
Motivieren,
Beraten.

Nochmals: Schreiben Sie alles auf. Wenn Sie gerne auf der Bühne stehen, aber immer ein Buchhalter gewesen sind, schreiben Sie nicht »Buchhaltung«, sondern »Bühne«. Je ehrlicher Sie sind und je größer die Hingabe ist, mit der Sie Ihren Weg verfolgen, um so größer wird der Gewinn für Sie sein. Welche Tätigkeiten *LIEBEN* Sie wirklich?

> »Arbeit ist sichtbar gewordene Liebe.«
> *Kahlil Gibran*

Denken Sie daran, Sie müssen den Weg Ihrer Leidenschaften gehen, um Ihre Bestimmung zu erfüllen. Was für Leidenschaften haben Sie? Wenn Sie die drei Dinge herausgefunden haben, die Sie am liebsten tun, setzen Sie sich nochmals mit Ihrem Arbeitsstil auseinander.

Arbeitsstil

Sind Sie ein dominanter Alleingänger? Ein Teamarbeiter? Ein Freigeist? Oder eine Arbeitsbiene?

Wenn die Ihnen zugeordnete Kategorie (s. S. 52 ff.) nicht auf Sie paßt, schreiben Sie *IHRE EIGENE* Wahrheit auf. Wenn Ihnen die Kategorie Arbeitsbiene zugeordnet ist und Sie ehrlich meinen, ein Teamarbeiter zu sein, dann nehmen Sie letzteres als gegeben hin. Ihr Gefühl ist das wichtigste. Jetzt haben Sie alle Stücke des Puzzles in der Hand.

Die Faustregel umsetzen

Der Arbeitsstil ist der Hauptfaktor zur Eingrenzung Ihrer beruflichen Möglichkeiten. Arbeitsstil und berufliche Laufbahn stehen in direkter Beziehung zueinander. So werden z. B. viele Menschen von dem Interessengebiet Unterhaltung angezogen, und viele Menschen haben schriftstellerische Fähigkeiten, aber nicht alle werden ihre Fähigkeiten und Interessen auf die gleiche Weise anwenden wollen. Es folgen einige Beispiele:

**(Lebensziele) + Interessen + Fähigkeiten + Arbeitsstil =
Ihr spezieller Job / Ihre berufliche Laufbahn**

*Unterhaltung + Schreiben + dominanter Alleingänger =
Stückeschreiber*

*Unterhaltung + Schreiben + Teamarbeiter =
Lektor*

*Unterhaltung + Schreiben + Freigeist =
freiberuflicher Autor*

*Unterhaltung + Schreiben + Arbeitsbiene =
Manuskriptschreibkraft*

Wenn Sie die verschiedenen Informationen auf folgende Weise zusammentragen, können Sie leichter die Beziehung zwischen Arbeitsstilen und beruflicher Laufbahn erkennen.

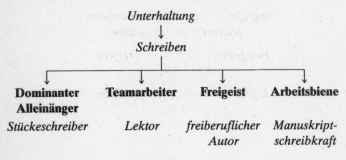

Hier weitere Beispiele:

**Interessen + Fähigkeiten + Arbeitsstil =
Ihr spezieller Job / Ihre berufliche Laufbahn**

*Medizin + Fürsorge + dominanter Alleingänger =
Arzt*

*Medizin + Fürsorge + Teamarbeiter =
Krankenhausverwalter*

*Medizin + Fürsorge + Arbeitsbiene =
Krankenschwester*

*Erziehung + Beratung + dominanter Alleingänger =
Schulpsychologe*

*Erziehung + Beratung + Teamarbeiter =
Studenten-/Familienberater*

*Erziehung + Beratung + Freigeist =
Erziehungsberater*

*Erziehung + Beratung + Arbeitsbiene =
Sekretärin in einer Erziehungsberatungsstelle*

*Fotografie + Technik + dominanter Alleingänger =
Erfinder*

*Fotografie + Technik + Teamarbeiter =
Manager einer Institution*

*Fotografie + Technik + Freigeist =
Kundendienst*

*Fotografie + Technik + Arbeitsbiene =
Techniker*

*Kunst + Design + dominanter Alleingänger =
Kunstsammler*

*Kunst + Design + Teamarbeiter =
Innendekorateur*

*Kunst + Design + Freigeist =
freischaffender Künstler*

*Kunst + Design + Arbeitsbiene =
Zeichner*

*Gesetz + Bühne + dominanter Alleingänger =
Rechtsanwalt*

*Gesetz + Bühne + Teamarbeiter =
Menschenrechtskämpfer*

*Gesetz + Bühne + Freigeist =
Gerichtsvollzieher*

*Gesetz + Bühne + Arbeitsbiene =
Rechtsgehilfe*

Die beruflichen Möglichkeiten gewichten

Sehen Sie sich Ihre möglichen Berufe an, und ordnen Sie sie so lange nach ihrer Anziehungskraft (wobei Sie Ihre Lebensziele im Kopf behalten), bis sich ein Job als Ihre erste Wahl herausstellt. Er wird der nächste Schritt auf Ihrem Weg sein, weil er mit Ihren wahren Bedürfnissen und Ihren Lebenszielen übereinstimmt.

Sie meinen, keiner der Jobs, die Sie ausgewählt haben, scheint ganz der richtige zu sein? Sie meinen, es gibt nichts, was Sie wirklich tun wollen? Wollen Sie etwa sagen, Sie seien durch diesen ganzen Prozeß gegangen, ohne daß Ihnen ein Licht aufgegangen ist?

Es ist typisch, daß Menschen Schwierigkeiten haben, sich für etwas zu entscheiden, solange sie der Vorstellung, daß Sie alles haben könnten, was sie wollen, Widerstand leisten.

Was sagen Sie da? Das einzige, was Sie wirklich tun mögen, ist essen? Es gibt Berufe, wo Sie genau dies tun können. Wußten Sie das? Was glauben Sie, wofür Lebensmitteltester bezahlt werden?

Geben Sie nicht auf. Schenken Sie dem Aufmerksamkeit, was Sie genießen, und hören Sie auf, sich mit einer Liste aus »könnte«, »sollte« und »hätte« selbst ein Bein zu stellen. Weichen Sie nicht von Ihren Träumen ab, nur weil Sie denken, Sie hätten nicht die Voraussetzungen für einen bestimmten Job. Im sechsten und siebten Schritt werden wir uns darüber unterhalten, wie man am besten mit diesen Gedanken umgeht.

Ach so! Nicht Ihre mangelnden Fähigkeiten, sondern das Geld hält Sie zurück. Der Job, den Sie gerne tun würden, bringt nicht genug Geld ein, um den von Ihnen gewünschten Lebensstandard aufrechtzuerhalten.

Geld hat Vorrang?

Wenn der von Ihnen gewählte Job nicht genügend Geld bringt, sind Sie in einem Dilemma. Bestimmt Ihre Wahl die Liebe oder das Geld? Wenn Sie glauben, daß im Universum ein Gesetz von Ursache und Wirkung existiert – positive Einstellungen erzeugen positive Erfahrungen, negative Einstellungen negative Erfahrungen – und daß Reichtum ein positives Phänomen ist, sollten Sie sicherstellen, daß Sie positive Entscheidungen treffen.

Ich stelle diese Behauptung nicht einfach so auf. Ich habe dies selbst erfahren. Als ich mit meinem ersten Buch begann, stand ich noch mit einem Fuß in der Geschäftswelt und hatte ein hohes Einkommen. Als ich zu schreiben anfing, begann sich meine Verbindung zu dieser Welt zu lockern. Eines Tages wußte ich, daß ich von dort wegmußte, um den nächsten Schritt auf meinem Weg zu machen. Gleichzeitig jedoch war ich wie erschlagen von der Tatsache, daß ich nur noch 198 Dollar hatte und keinerlei Aussicht auf irgendein Einkommen. Meine rechte Gehirnhälfte sagte: »Vertraue! Laß los!« Meine linke Gehirnhälfte verbreitete Angst und Schrecken: »Du machst wohl Witze! Du wirst verhungern!«

Ich ließ los. Ich verhungerte nicht. Eine Woche später erbte ich Geld von einem Onkel, den ich lange aus den Augen verloren hatte. Ich weiß, so etwas kommt nicht so oft vor, aber es kommt vor.

Sie können sich selbst einmal fragen, ob Sie glauben, daß finanzielles Wohlergehen und die Arbeit für den Lebensunterhalt miteinander zu tun haben oder nicht. Wenn Sie glauben, daß es so ist, dann ist es so. Aber es muß nicht so sein. Es gibt kein universelles Gesetz, das lautet: »Um große Brötchen zu backen, muß man von acht bis fünf arbeiten!«

Im Gegenteil:

>»Warum macht ihr euch Gedanken um euer Gewand?
>Betrachtet die Lilien auf dem Feld,
>schaut, wie sie wachsen;
>weder plagen sie sich, noch zaudern sie.
>
>Und doch sage ich euch, daß sogar
>Salomon in all seiner Herrlichkeit nicht
>solchen Glanz ausstrahlte wie jede von diesen.
>
>Warum denn sollte Gott, der das Gras des Feldes,
>das heute wächst und morgen geschnitten wird,
>so reichlich ausgestattet hat,
>euch, ihr Ungläubigen,
>nicht noch reichlicher ausstatten?«
>
> *Matthäus 6,28–30*

SECHSTER SCHRITT

Wie Sie sich auf den Markt bringen

Arbeit als Lösung für ein Problem

Wie schon erwähnt, wird Arbeit von einer bestimmten Art von menschlichem Bewußtsein geschaffen. Ein weiterer Aspekt des Arbeitslebens, mit dem wir uns jetzt beschäftigen wollen, präzisiert die Zielrichtung von Arbeit: Jobs existieren, um bestehende Bedürfnisse und Probleme zu lösen.

Wenn Sie beabsichtigen, ein eigenes Unternehmen zu starten, oder wenn Sie gerne wissen möchten, warum ein Arbeitgeber Sie anstellen will, dann ist das folgende genau richtig für Sie. Nicht nur, daß Jobs dafür da sind, um ein Bedürfnis zu erfüllen oder ein Problem zu lösen, sie tun dies auch auf spezielle Art und Weise, indem ein Produkt oder eine Dienstleistung angeboten wird. Wenn Sie also beabsichtigen, ein eigenes Geschäft zu starten, oder einen Job suchen, müssen Sie sich mit folgenden Fragen auseinandersetzen: »Was brauchen andere, und was kann ich liefern?«

Sie haben bereits eine Liste mit den Dingen erstellt, die Sie gerne tun würden, und mit den Menschen, mit denen Sie es gerne tun würden (s. S. 65 ff.). Nun müssen Sie sich fragen: »Wer braucht mein Produkt bzw. meine Dienstleistung und warum?« Dies ist eine Frage aus der Marktforschung.

Es gibt zwei entscheidende Gründe dafür, Marktforschung zu betreiben: erstens, um herauszufinden, ob es für das, was Sie tun wollen, einen Markt gibt, und zweitens, um herauszufinden, ob Sie das, was Sie sich gedacht haben, wirklich tun wollen.

»Das Meer hat seine beste Zeit um Mitternacht,
wenn Sie in London vor einem flackernden Feuer
in einem großen Sessel sitzen
und die Reiserouten auswählen,
die Sie niemals beschreiten werden.«

H. M. Tomlinson

Marktforschung

Es ist eine Sache, im Wohnzimmer zu sitzen und darüber nachzudenken, wie viele Menschen in der Welt möglicherweise darauf warten, Ihre handgehäkelten Babydecken zu kaufen, und eine andere Sache, tatsächlich herauszufinden, ob es dafür einen Markt gibt oder nicht. Wie können Sie das herausfinden?

Zunächst können Sie in Erfahrung bringen, ob es in Ihrer Gegend bereits jemanden gibt, der so etwas macht, und dann mit der betreffenden Person in Kontakt treten. Die meisten Menschen sind mehr als bereit, ihre Erfahrungen weiterzugeben – es ist schmeichelhaft, gefragt zu werden. Wenn Sie sich für Babydecken interessieren, sprechen Sie also mit denjenigen, die sie herstellen und verkaufen. Wenn Ihr Produkt ganz neu ist, sprechen Sie mit Menschen in branchenverwandten Bereichen, die ähnliche Produkte verkaufen.

Fragen Sie sie, was Ihre größten Erfolge und ihre größten Fehler waren. Wem verkaufen sie ihre Produkte? Verkaufen sie sie direkt oder über Läden? Wieviel Rabatt geben sie normalerweise den Einzelhändlern in den Läden? Diese Frage ist dann wichtig, wenn Sie nachrechnen, ob Sie sich ein eigenes Geschäft leisten können.

Eine weitere Frage hat mit dem Umsatzvolumen zu tun. Wie viele Decken wird der Einzelhändler im Schnitt monatlich abnehmen? Und wie viele werden Sie, vernünftig kalkuliert, produzieren? Fragen Sie nicht nur Leute, die Decken verkaufen, fragen Sie auch die Einzelhändler selbst. Ihre Antworten werden

Ihnen neue Einsichten und möglicherweise neue Kontakte liefern.

Meine Absicht in diesem Buch besteht nicht darin, Produktions- und Kostenkalkulationen zu diskutieren (zu diesem Thema gibt es viele gute Bücher). Ich will Sie einfach anregen, sich genügend sachkundig zu machen, um ein Gespür dafür zu bekommen, ob jemand überhaupt Ihr Produkt haben will und ob – was noch wichtiger ist (denn Märkte können geschaffen werden) – sich die Realitäten des Geschäftes, das Sie in Betracht ziehen, mit Ihren Vorstellungen decken.

Wenn Sie einen Buchladen aufmachen wollen, befragen Sie nicht nur Leute, verbringen Sie möglichst viel Zeit in solchen Buchläden, die dem, den Sie aufmachen wollen, ähnlich sind. Beobachten Sie, was dort vor sich geht, welche Leute dort aus und ein gehen. Ist es das, was Sie wollen, und sind das die Leute, mit denen Sie zu tun haben wollen?

Zeitarbeitagenturen sind eine hervorragende Quelle, um Erfahrungen in verschiedenartigen Jobs zu sammeln. Diese Agenturen vermitteln Arbeitssuchende an Firmen, meist auf Teilzeitbasis. Dies ist eine ideale Möglichkeit, Geld zu verdienen und gleichzeitig Marktforschung zu betreiben.

Als Volontär zu arbeiten, ist ebenfalls eine geeignete Möglichkeit, in ein Unternehmen Einblick zu bekommen, bis man weiß, ob es einem zusagt oder nicht, und wenige Geschäftsinhaber schlagen eine unbezahlte Hilfe ab. Ein Freund von mir glaubte, Fischen sei ein großartiger Job, aber nur so lange, bis er die Gelegenheit hatte, es drei Tage auszuprobieren.

Ob Sie selbständig arbeiten wollen oder nach dem idealen Job suchen, es gelten die gleichen Prinzipien. Wälzen Sie nicht nur in Ihrem Kopf hin und her, was Sie machen wollen, gehen Sie hinaus, und finden Sie heraus, wie es wirklich ist. Reden Sie mit Leuten, die es machen. Gehen Sie an die entsprechenden Orte, und beobachten Sie.

Warum werden Jobs geschaffen?

Jobs existieren nicht einfach nur, damit Menschen Geld verdienen können. Kaum ein Arbeitgeber stellt Leute an, nur um das Vergnügen zu haben, sie zu bezahlen. Selbständig Arbeitende schaffen Jobs, wenn sie nicht mehr alles alleine erledigen können.

Angenommen, Sie haben sich entschieden, Ihr eigenes Babydeckengeschäft zu starten. Jemand muß die Decken entwerfen, jemand muß sie herstellen, jemand muß sich darum kümmern, wem sie verkauft werden sollen und zu welchem Preis, jemand muß sie verkaufen, jemand muß die Finanzen regeln, und jemand muß sicherstellen, daß diese Aufgaben richtig ausgeführt werden. Die genannten Aufgaben fallen in sechs Hauptkategorien: Design, Produktion, Marketing, Verkauf, Finanzen, Verwaltung.

Bei der Jobsuche müssen Sie die Tatsache im Auge behalten, daß Arbeitgeber keine Jobs schaffen, nur um jemanden zu bezahlen. Sie schaffen auch keine Positionen in Werbung, Design, Produktion, Marketing, Verkauf, Finanzen und Verwaltung, nur um jemandem Beschäftigung zu geben. Geschäftsleute wollen ihre Produkte und Dienstleistungen verkaufen, und sie wollen dabei Profit machen. Ungeachtet der altruistischen Gründe, die einer möglicherweise bei der Gründung seines Geschäfts hat, kann man kein Geschäft halten, wenn man nicht Profit macht oder zusätzlich für eine sichere Einkommensquelle sorgt.

Die erfolgreiche Handhabung von Kosten, Planung und Ausführung unterscheidet ein profitables Unternehmen von einem unprofitablen. Unternehmen werden erfolgreicher, wenn es ihnen gelingt, ihre Kosten zu senken, ihre Produktions- und Lieferzeiten zu verkürzen und die Qualität ihrer Produkte anzuheben.

Warum werden Jobs geschaffen? Weil ein Unternehmen plötzlich feststellt, daß es Hilfe braucht und daß es mit richtiger Hilfe erfolgreicher wäre (d. h., es könnte die Kosten senken, effektiver planen und die Ausführung verbessern). Nun, warum sollte Sie jemand anstellen wollen?

Für wen sind Sie eine Lösung?

Wenn Sie auf einen möglichen Arbeitgeber zugehen oder dabei sind, einen Lebenslauf zu schreiben, sollten Sie folgende Frage im Kopf behalten: »Was ist sein Problem, und inwiefern kann ich sein Problem lösen?« Nehmen wir an, Sie haben sich durch die Stellenangebote in der Zeitung gewühlt und sind schließlich auf folgende Anzeige gestoßen: »Gesucht: Person mit Initiative und Unternehmungsgeist für das Marketing von Spitzenprodukten...« Sie sind interessiert. Wie würden Sie Ihren Lebenslauf aufbauen?

Typischerweise enthalten Lebensläufe Informationen über schulische Ausbildung, frühere Jobs, Zeitangaben und eine kurze Beschreibung jedes Jobs. Ist der Lebenslauf geschrieben, wird er in einen Umschlag gesteckt und, mit einer Briefmarke versehen, in den nächsten Briefkasten geworfen. Für wie effektiv halten Sie es, mit dieser Art Lebenslauf auf eine Anzeige zu antworten?

Drei Dinge sind bei dieser Jobsuchetechnik falsch:
1. Forschungen haben ergeben, daß nur für 10 Prozent aller Jobs in Zeitungen oder über Arbeitsvermittlungen geworben wird. Gute Jobs werden jemandem, der schon in der Firma arbeitet, oder einem Freund von ihm gegeben.
2. Nach dem, wie die meisten Zeitungsanzeigen formuliert sind, kann man kaum erkennen, was ein Unternehmen wirklich sucht. Schauen Sie sich diese Anzeige nochmals an: »Gesucht: Person mit Initiative und Unternehmungsgeist für das Marketing von Spitzenprodukten...« Der Haken ist, daß es gar kein Marketingjob, sondern wahrscheinlich ein Verkaufsjob ist. Aber selbst wenn es ein Marketingjob wäre, also das, was Sie suchen,

haben Sie im Grunde immer noch keine Vorstellung davon, was der Job eigentlich beinhaltet. Sie wissen nicht, ob deren Vorstellung von Marketing mit der Ihren übereinstimmt.

3. Wenn Sie davon ausgehen, daß Ihr Lebenslauf ein Pfeil ist, den Sie auf eine Scheibe namens Job abschießen, dann wäre es sinnvoll, genauer zu wissen, wie die Scheibe aussieht. Aber sollte ein Lebenslauf überhaupt der Pfeil sein, den Sie abschießen? Die Antwort lautet nein! Dennoch hat der Lebenslauf seinen Wert, aber zur rechten Zeit und am rechten Ort. Der Schlüssel zum Erfolg ist, zu wissen, wann, wo und was.

Der Wert des Lebenslaufs

Es gibt zwei Gründe, die für das Schreiben eines Lebenslaufs sprechen: Zum einen zwingen Sie sich dadurch selbst, die Art von Produkt, das Sie darstellen, zu definieren; zum anderen können Sie ihn einem Arbeitgeber geben, *NACHDEM* Sie ein erfolgreiches Vorstellungsgespräch geführt haben. *VOR EINEM VORSTELLUNGSGESPRÄCH SOLLTE KEIN LEBENSLAUF VON IHNEN VORLIEGEN.*

Warum? Weil damit das ganze Gewicht auf Ihren Zeugnissen und Vorerfahrungen liegt, zwei Faktoren, die bei der Entscheidung eines Arbeitgebers eine untergeordnete Rolle spielen (mehr dazu im siebten Schritt). Lebensläufe können sehr wichtig sein, aber für den Anfang sind sie für Ihr eigenes Ego wichtiger als für den Arbeitgeber. Einen Lebenslauf zu verfassen, kann Ihnen Klarheit verschaffen, ob Sie wirklich wissen, worum es bei dem Job geht, den Sie ansteuern, und ob er wirklich das darstellt, was Sie tun wollen. Deshalb sollte ein Lebenslauf immer nur für *EINEN* Job verfaßt werden.

Ein spezifisch ausgerichteter Lebenslauf qualifiziert Sie für einen spezifischen Job, denn es gibt keine gleichgearteten Jobs. Um einen guten Lebenslauf zu verfassen, müssen Sie etwas über die Firma und die Art des Jobs wissen, für die Sie sich interessieren. Wie können Sie etwas darüber wissen, wenn Sie auf Ihrem

Sofa sitzen und die Stellenangebote durchkämmen? Sie müssen Erkundigungen einziehen!

Wenn Sie dies getan haben, kommt es Ihnen möglicherweise so vor, als gäbe es nur wenige gute Jobs. Glauben Sie nur das nicht! Die Knappheit an guten Jobs ist ein Mythos. Es gibt niemanden auf der Welt, der eine Firma nicht davon überzeugen könnte, eine für ihn passende Position zu schaffen, wenn er

1. sich die Zeit nimmt, um herauszufinden, was die Firma braucht,
2. wirklich glaubt, daß er dieser Firma ein wertvolles Angebot macht,
3. gewillt ist, am Ball zu bleiben.

Wie Sie eine Stelle schaffen

Nachdem Sie nun wissen, *WARUM* Sie arbeiten wollen, ein Gespür dafür entwickelt haben, mit *WEM* und *WAS* Sie arbeiten wollen, sollte Ihnen klargeworden sein, welch wertvolle Arbeitskraft Sie sind. Es gibt ohne Zweifel viele Menschen, die Sie jetzt, in diesem Augenblick, gerne als Mitarbeiter hätten, wenn Sie nur wüßten, daß es Sie gibt. Wie können Sie sich finden?

Sie können sich natürlich zurücklehnen und hoffen, daß irgend jemand irgendwo plötzlich erkennt, daß es Dinge gibt, die getan werden müssen. Und daß diese Person, nachdem sie dies erkannt hat, sich die Mühe macht, ihr Bedürfnis öffentlich kundzutun, und daß Sie davon Wind bekommen. Oder Sie sind jemand, der sich über ein bestimmtes Unternehmen so gut informiert hat, daß er ihm klarmachen kann, daß es etwas braucht – nämlich Sie!

Warum sollte dieses Unternehmen Ihre Mitarbeit haben wollen? Weil Sie ihm helfen können, die Kosten zu senken, die Planung oder den ganzen Ablauf zu verbessern. Es kann es sich nicht leisten, Sie nicht anzustellen. Und das werden Sie ihm zwingend vor Augen führen. Wie? Indem Sie die Tatsachen schwarz auf weiß niederlegen – *IN IHREM LEBENSLAUF*.

Bevor Sie jedoch die Tatsachen darlegen können, müssen Sie erst welche schaffen.

»Ich könnte das einfach nicht«, sagte mir ein Klient. »Ich wüßte nicht, wo ich anfangen sollte.«

»Es ist nicht so schwer, wie es klingt«, versicherte ich ihm. »Alles, was Sie tun müssen, ist, sich mit den richtigen Leuten zu unterhalten. Und ich weiß, daß Sie mit Leuten reden können, denn Sie sitzen jetzt hier und sprechen mit mir.«

Welches sind die richtigen Leute? Am einfachsten ist es natürlich, jemanden zu kennen, der wieder jemanden kennt. Aber wenn Sie neu in der Stadt sind oder einfach keine Beziehungen haben, gehen Sie zur Personalabteilung der Firma und suchen dort Hilfe. Wenn es irgendwie geht, arrangieren Sie es, daß Sie mit jemandem aus der Personalabteilung Kaffee trinken, und fragen nach den Namen von Leuten, mit denen Sie Kontakt aufnehmen könnten. Wenn Sie nicht mit der Tür ins Haus fallen wollen, gehen Sie zum Empfang oder zur Auskunftsstelle der Firma und bitten um Einsicht in das Firmenadreßbuch, die meisten Unternehmen haben ein solches. Diese Adreßbücher enthalten Telefonnummern und sind meist nach Abteilungen geordnet.

Ist es Ihr Ziel, im technischen Bereich zu arbeiten, dann gehen Sie den Bereich Technik des Adreßbuches durch und wählen mögliche Ansprechpartner aus. Nur wenige werden die Einladung zu einem Kafffee und einem kurzen Gespräch ausschlagen. Suchen Sie sie an ihrem Arbeitsplatz auf, nicht nur, um Informationen einzuholen, sondern auch um die Arbeitsbedingungen vor Ort zu sehen. Die meisten Firmen haben Cafeterias.

Wen wollen Sie in diesem Adreßbuch finden? Leute, die Ihnen Insiderinformationen geben können über das, was in ihrem Arbeitsbereich gut bzw. schlecht läuft. Wo bekommen Sie die besten Informationen? Bei einer Sekretärin, die seit über zwei Jahren in der Firma arbeitet, oder, wenn Sie sich für den Bereich Technik interessieren, bei einem Techniker, der dort seit weniger als einem Jahr arbeitet oder gerade frisch vom College gekommen ist.

Warum eine Sekretärin? Sekretärinnen wissen alles über alle.

Und je länger sie in einer Abteilung sind, um so mehr wissen sie. Sekretärinnen sind im Geschäftsleben wahrscheinlich diejenigen, deren treibende Kraft am meisten unterschätzt und am wenigsten genutzt wird.

Warum ein neuer Techniker? Wenn er noch kein Jahr in der Firma ist, wird er sich wahrscheinlich noch daran erinnern, welche Versprechungen ihm gemacht wurden.

Oft kommt es in Abteilungen im Laufe der Zeit zu einer schlampigen, halbherzigen oder planlosen Arbeitsweise. Da Sie ja hingehen, um die Firma in irgendeiner Weise aufzumöbeln, ist es sinnvoll, deren Schwächen herauszufinden. Im Grunde können Sie mit jedem reden – außer mit dem Management. Leider sind die Manager oft die letzten, die wissen, was in ihren Abteilungen vor sich geht. Es sei denn, Sie wollen Ihr Pulver noch nicht verschießen, oder Sie wollen die Leute im Management erst ansprechen, wenn Sie sich ganz klar darüber sind, warum diese gerade Sie brauchen.

Nachdem Sie nun alle Informationen gesammelt und noch kein Vorstellungsgespräch vereinbart haben, können Sie Ihren Lebenslauf abfassen. *WER* sind Sie, *WAS* haben Sie zu bieten, und – im besonderen – *WIE* können Sie in einem bestimmten Bereich zu niedrigen Kosten, besserer Planung und Durchführung beitragen?

Schreiben Sie nichts anderes in Ihren Lebenslauf als das, was Ihren Anteil bei der Lösung eines tatsächlich vorhandenen Problems darstellt. Stellen Sie sich vor, wie sehr Sie sich freuen werden, einen Job zu bekommen, der wie maßgeschneidert ist. Stellen Sie sich vor, wie wunderbar es ist, das, was Sie tun, wirklich zu genießen, dem eigenen Ziel näher gekommen zu sein und gleichzeitig für andere etwas Wertvolles zu tun.

»Das zu lieben, was man tut, und
das Gefühl zu haben, daß es von Bedeutung ist –
was könnte mehr Freude machen?«

Katherine Graham

SIEBTER SCHRITT

Wie Sie sich gut verkaufen

Die Kontaktaufnahme

Jetzt müssen Sie nur noch kundtun, daß Sie verfügbar sind. Aber wie kommen Sie mit den Leuten einer Firma zusammen, die die Einstellungen machen? Wie bekommen Sie ein Vorstellungsgespräch? Wie schon gesagt, am schwersten kommt man mit einem Arbeitgeber in Kontakt, wenn man ihm den Lebenslauf per Post zuschickt. Wenn Sie dies tun, riskieren Sie, daß Ihre Zeugnisse und Ihr Ausbildungsweg den Ausschlag geben, denn dies ist ja alles, was man von Ihnen zu Gesicht bekommt. Außerdem ist es doch sicher so, daß Sie auch nicht nach Ihren Zeugnissen und Ausbildungen allein beurteilt werden wollen!

In den letzten zwanzig Jahren habe ich mit oder für annähernd fünfzig Unternehmen und Firmen gearbeitet. In dieser Zeit habe ich kaum einmal erlebt, daß technische Fertigkeiten oder Ausbildungen die entscheidenden Faktoren für eine Einstellung oder Beförderung waren. Außer in den rein technischen Berufen standen technische Fertigkeiten und Ausbildungen weit hinter der Fähigkeit, gut mit Leuten umgehen zu können.

Während meiner Arbeit als Einstellungsberaterin bei verschiedenen Unternehmen half ich den Managern bei der Auswahl von Bewerbern. In dieser Zeit wurde mir zum ersten Mal bewußt, worauf Manager wirklich achten, wenn sie jemanden einstellen oder befördern. Sind es der Abschluß auf der Harvard-Universität inklusive zwanzig Jahre Berufserfahrung oder Titel, die die meisten Leute nicht einmal aussprechen können, oder das

Profil eines Adonis? Oder ist es die Treue des Angestellten, der seit Gründung der Firma dort ist, fünf Kinder hat und regelmäßig in die Kirche geht?

Es könnten sich all diese Leute vorstellen, für die Einstellung wird keines der obigen Kriterien ausschlaggebend sein. Die Entscheidung wird in den ersten fünf Minuten des Vorstellungsgesprächs fallen. Augenkontakt, Stimme und das Gefühl beim Händedruck werden den Ausschlag geben, ganz gleich, wie viele Stunden, Tage oder Wochen es noch dauert, bis die Entscheidung mitgeteilt wird.

Wer wird gewinnen? Es wird derjenige sein, der es schafft, *DASS SICH DER ARBEITGEBER WOHL FÜHLT*, derjenige, der am wenigsten das geistige und emotionale Wohlbefinden des Arbeitgebers bedroht, auch wenn das bedeutet, daß ein wirklich qualifizierter Kandidat zugunsten eines anderen, der einfach die Situation eingeübt hat, eine Absage erhält. Manager und Geschäftsinhaber haben genauso wie Sie Ängste, und jemanden in ihrer Umgebung zu haben, der ihnen schlechte Gefühle macht, ist das allerletzte, was sie wollen.

Was ist das Rezept, damit Sie einen Job bekommen? Drei Punkte sind zu berücksichtigen: Erstens müssen Sie mit demjenigen Kontakt aufnehmen, der über die Einstellungen entscheidet. Zweitens müssen Sie dafür sorgen, daß diese Person sich in Ihrer Gegenwart wohl fühlt. Und drittens müssen Sie ihr helfen, daß sie es vor sich rechtfertigen kann, Sie einzustellen. Lassen Sie uns mit der Kontaktaufnahme beginnen.

»Hallo. Ich heiße Bob Jones. Ist Robert Redford da?«

»Haben Sie eine Verabredung?«

»Nein, aber ich bin sicher, daß er mich sprechen möchte. Wissen Sie, ich habe gerade ein großartiges Drehbuch fertiggestellt.«

»Tut mir leid, Mr. Redford läßt niemanden ohne Verabredung vor.«

»Wie bekomme ich eine Verabredung?«

»Indem Sie mir sagen, was es mit Ihrem Drehbuch auf sich hat.«

»Nun, ich möchte, daß er einen Blick darauf wirft. Es ist wirklich gut und gerade fertig geworden.«

»Tut mir leid. Mr. Redford sieht sich keine Drehbücher an, die unaufgefordert eingereicht werden.«

Sind Sie jemals in eine ähnliche Situation geraten? Dieses Gegen-verschlossene-Türen-Rennen? Und dann steht man draußen. Man kann das beste Produkt der Welt anzubieten haben, man könnte der beste Angestellte aller Zeiten sein, aber wenn man nicht durch diese Tür dringen kann, ist alles für die Katz.

Erfolgreiche Leute sind gut dagegen geschützt, ihre Zeit und Aufmerksamkeit ungebeten in Anspruch nehmen zu lassen. Sie kennen sicher das alte Sprichwort:»Es geht nicht darum, was du weißt, sondern wen du kennst.« Glauben Sie es! Es ist wahr! Mit dem Talent allein können Sie nie die Hürde einer wachsam abschirmenden Sekretärin nehmen. Dies kann nur mit einer persönlichen Vorstellung gelingen.

Und wie, werden Sie fragen, kann man bei Robert Redford zu einer persönlichen Vorstellung kommen? Es ist nicht so schwierig, wie Sie vielleicht denken. Obwohl es anders aussieht, ist die Welt in Wirklichkeit klein. Tatsächlich können Sie in den meisten Fällen mit fünf oder sechs Gesprächen zu jedem Menschen in den USA Kontakt gewinnen.

Diese Art von Netzwerkstrategie ist ein Experiment, das unter verschiedensten Umständen durchgeführt wurde. Es wurde von einem Psychologen namens Stanley Milgram entworfen, der es »Kleine Welt« nannte. Milgram behauptet, daß man, wenn man 15 bis 20 Leute versammelt und sie fragt, wen sie kennen, immer jemanden finden wird, der jemanden kennt, der jemanden kennt, der jemanden kennt, der die Person kennt, zu der man Kontakt sucht. Und er hat es bewiesen.

Sie werden wahrscheinlich nicht 15 bis 20 Leute in einem Raum versammeln wollen, denn Ihr Telefon leistet den gleichen Dienst, aber um das Beispiel anschaulich zu machen, nehmen wir einmal an, Sie täten es. Um Robert Redford persönlich vorgestellt zu werden, könnten Sie in etwa so anfangen:

»Ist jemand hier, der Robert Redford kennt?« (Fragen Sie immer direkt.)

»Kennt einer von Ihnen jemanden, der in seiner Heimatstadt wohnt?«

»Ich! Meine Tante Millicent wohnt dort.«

Hurra! Der Bau der Brücke hat begonnen.

Der nächste Schritt besteht darin, zu Tante Millicent Kontakt aufzunehmen und herauszufinden, wen sie kennt. Wenn das Experiment wie erwartet verläuft, sind Sie jetzt nur noch drei bis vier Schritte davon entfernt, bis Sie sagen können:

»Hallo, ja, hier ist Bob Jones . . . Mr. Redford . . . Was für eine Überraschung! . . . Ihr Cousin George . . . Wie nett von ihm, mich zu empfehlen . . . Ja, wissen Sie, ich habe da ein Drehbuch . . .«

Das Experiment »Kleine Welt« nutzt die wertvollsten Kräfte, die jeder von uns hat, um seine Ziele zu erreichen – die anderen Menschen. Wenn Sie vor einem scheinbar unüberwindlichen Hindernis stehen, sollten Sie an diese Kräfte denken. Möglicherweise geht Ihre Tochter gerade mit der Tochter des Vizepräsidenten von sowieso zur Schule . . .

Wie Sie es schaffen, daß sich Ihr Arbeitgeber wohl fühlt

Wie schon gesagt, ist ein entscheidender Faktor bei der Stellensuche, daß sich der Arbeitgeber in Ihrer Gegenwart wohl fühlt. Wie können Sie dies bewerkstelligen?

Menschen sind Menschen, wobei fühlen *SIE* sich wohl? Fühlen Sie sich in der Gegenwart von jemandem wohl, der Angst, Aggression oder Feindseligkeit ausstrahlt? Natürlich nicht. Das gilt auch für Arbeitgeber.

Ich nehme an, daß Sie, wenn Sie dieses Buch lesen, soweit sind, daß Sie keine Feindseligkeit oder andere starke negative Emotionen in ein Vorstellungsgespräch einfließen lassen, daß Sie mit nichts anderem dorthin gehen als mit dem Ziel, Ihrem

Bedürfnis gerecht zu werden. Vorstellungsgespräche können jedoch sogar die positivsten Menschen nervös machen.

Sollten Sie Augenblicke von Panik erleben, so können Sie folgendermaßen damit umgehen: Denken Sie nicht über sich selbst nach! Machen Sie sich keine Gedanken darüber, wie Sie aussehen, was Sie sagen oder wie der andere Sie möglicherweise wahrnimmt. Richten Sie Ihre Aufmerksamkeit auf den anderen, den Arbeitgeber. Wie fühlt er sich? Sehen Sie ihm direkt in die Augen, und vermitteln Sie ihm, daß Sie ihn mögen. Lassen Sie ihn, mit einem einzigen Augen-Blick, wissen, daß Ihr Hauptinteresse auf sein Wohlbefinden gerichtet ist und daß er von Ihnen in diesem Gespräch alles bekommt, was er braucht. Haben Sie diese positive Atmosphäre einmal geschaffen, müssen Sie ihm nur noch helfen, Sie einzustellen.

Wie Sie Ihrem Arbeitgeber dabei helfen können, Sie einzustellen

Wenn ein Arbeitgeber die Person gefunden hat, mit der er sich wohl fühlt, stellt sich für ihn die Frage, wie er seine Entscheidung rechtfertigen kann. Meist wird er sich mit anderen beraten. Diese werden aber kaum davon beeindruckt sein, daß ihr Chef Ihre Augen mag.

An dieser Stelle nun kommt Ihr Lebenslauf ins Spiel. Hiermit zeigen Sie schwarz auf weiß, daß Sie die richtigen Voraussetzungen für den Job haben. Was ist, wenn Ihnen dennoch einige der erforderlichen Voraussetzungen für diesen Job fehlen sollten?

Im folgenden werde ich Ihnen sagen, wie Sie Ihren Lebenslauf aufmöbeln können. Wenn Sie nicht genau die gewünschten Voraussetzungen haben, können Sie Ihre Position dadurch verbessern, daß Sie Ihre »übertragbaren« Fähigkeiten, die jeder hat, erwähnen.

Übertragbare Fähigkeiten
Außer im Falle von überwiegend technischen Berufen wird im

Geschäftsleben kaum mehr erwartet als gesunder Menschenverstand, Genauigkeit und der Wunsch, erfolgreich zu sein. Wenn Sie sich also um eine bereits ausgeschriebene Stelle bewerben, lassen Sie sich nicht von der Liste der erwarteten Fähigkeiten abschrecken.

Wenn ein Arbeitgeber eine Stellenbeschreibung entwirft, passiert etwas Seltsames. Qualifikationen und Erwartungen, die an »übers Wasser gehen können« grenzen, schleichen sich irgendwie in den Text ein. Glücklicherweise wissen Sie bereits genug, um sich nicht von solchen Formulierungen beeindrucken zu lassen. Sie wissen, daß Sie die Fähigkeiten haben, die dieser Job wirklich erfordert, oder zumindest, daß Sie Fähigkeiten haben, die übertragbar sind.

Wie ich schon erzählte, hatte ich, als ich mich das erste Mal dem Arbeitsmarkt zur Verfügung stellte, unter dem einen Arm ein zehn Monate altes Baby und unter dem anderen einen Lebenslauf, in dem nichts stand. Für den Arbeitsmarkt war ich eine Aussätzige. Eines Tages dann, nach vielen angsterregenden und fruchtlosen Versuchen, fiel mir von selbst ein Job zu.

Als mich die Frau von einer Personalabteilung fragte, ob ich eine Schalttafel in einer Telefonzentrale bedienen könne, dachte ich nur: »Bald habe ich für das Baby nichts mehr zu essen.« Und mir wurde plötzlich klar, daß ich eine übertragbare Fähigkeit hatte: Ich konnte telefonieren. »Ja klar«, sagte ich. (Ich hatte noch nie eine Schalttafel gesehen.) Es stellte sich heraus, daß es eine Schalttafel für die größte Einzelhandelskette in Portland war, die von zwei Personen bedient wurde. Es kamen mindestens dreitausend Anrufe am Tag herein.

Sie stellten mich ein. Am ersten Arbeitstag stand die Frau aus der Personalabteilung neben mir und strahlte, als sie auf die Schalttafel zeigte, die die Kontrolltafel eines Raumsatelliten wie Kinderspielzeug aussehen ließ. Freundlich stellte sie mich meiner Kollegin Sylvia vor, einer 15jährigen Veteranin in der Firma mit einem eckigen Kinn und blitzenden Augen.

»Ich nehme an, Sie wissen, wie man damit umgeht«, sagte diese über die Schulter, während sie die nächsten Anrufe entgegennahm.

»Na klar«, murmelte ich und wurde blaß. Ich setzte mich hin und nahm den Kopfhörer, den sie mir reichte. Ich wollte ihn aufsetzen, bemerkte dann aber, daß sie ihn aus irgendeinem Grund um den Hals hängen hatte.

»Hören Sie«, sagte ich zu ihr, »vielleicht können Sie mir zeigen, wie *SIE DIESE* Schalttafel bedienen, damit ich *IHR* System nicht störe.«

Widerwillig erklärte sie mir drei Minuten lang, wie man Nebenanschlüsse herausfindet, wo sich die zwei Billionen Nummern auf meiner Seite befanden und daß ein aufleuchtendes Licht das Signal für einen Anruf ist (meine Tafel leuchtete wie die Start- und Landebahn eines internationalen Flughafens).

Zwei Tage lang saß ich wie erstarrt da, steckte Metalldrähte in die Löcher, wo es blinkte, und sagte immer wieder in das Mikrofon meines am Hals baumelnden Kopfhörers: »Guten Morgen, XYZ-Firma. Tut mir leid, diese Leitung ist besetzt. Möchten Sie dranbleiben?« Ich wußte immer noch nicht, wie man dann weitermachte. Ich zählte darauf, daß die Leute aufhingen und das nächste Mal Sylvia erwischten. Vielleicht bemerkte Sylvia, daß sie plötzlich mehr Anrufe bekam. Sie sagte aber nichts dazu. Am dritten Tag konnte ich die Anrufe durchstellen, und am vierten war ich eine echte Telefonvermittlerin.

Wenn Sie sich mit Ihren Schwächen abfinden, werden Sie sie nie los; wenn Sie sich dagegen den Herausforderungen wirklich stellen, werden Sie Erfolg haben. Nicht geringe Fähigkeiten, sondern niedrige Ziele tragen am meisten zum Scheitern bei. Wenn Sie tatsächlich nicht die geforderten Fähigkeiten für den von Ihnen gewünschten Job haben, dann müssen Sie eine Entscheidung treffen. Entweder Sie gehen nochmals zur Schule, um die notwendigen Kenntnisse zu erwerben (das ist immer ein guter Motivationstest), oder Sie versuchen eine andere Alternative: eine Lehre.

Lehre
Eine der leichtesten, effektivsten und oft vergessenen Möglichkeiten, sich neue Fertigkeiten anzueignen, ist eine Lehre. Eine

Lehre ist durchaus nichts Antiquiertes. Viele bekannte Schriftsteller, Künstler, Modedesigner und Fernsehmechaniker fangen nicht auf berühmten Universitäten an, sondern mit einer Lehre bei Menschen, die schon über die Fertigkeiten verfügen, die sie lernen wollen. Es gibt wenige erfolgreiche Menschen, die nicht bereit sind, jemanden zu unterstützen, der ihre Arbeit bewundert und etwas von ihnen lernen möchte.

Schön und gut, denken Sie vielleicht, aber um als Psychiater oder als Arzt zu arbeiten, braucht man ein Zertifikat. Wenn Sie sich für ein Spiel entscheiden, das die Anerkennung von anderen Spielgefährten erfordert, werden Sie natürlich auch durch alle Reifen springen müssen, die sie Ihnen hinhalten. Und möglicherweise lohnt sich diese Anstrengung. Dies ist eine Entscheidung, die nur Sie allein treffen können. Wenn Sie aber für die Funktion, die Sie ausüben, keinen Titel benötigen – um so besser!

Funktion oder Titel?
Nicht alle Ingenieure haben ein Diplom in ihrem Fach, ebensowenig wie alle Architekten, Berater, Journalisten oder Computerfachleute.

Informieren Sie sich über die Berufsfelder, die Sie interessieren. Sprechen Sie mit Leuten, die das tun, was Sie tun wollen. Sie werden staunen, nur wenige von diesen Leuten sind dort, wo sie sind, infolge Ihrer Ausbildung. Es bedarf mehr als eines mit Universitätszeugnissen gespickten Lebenslaufs, um ein berühmter Künstler zu werden: Es sind Talent, Leidenschaft, Zielgerichtetheit und Ausdauer vonnöten.

Beherzigen Sie also folgende Ratschläge:
Finden Sie heraus, was er braucht.
Stellen Sie klar, daß Sie es haben.
Legen Sie es schwarz auf weiß nieder, so daß er es anderen zeigen kann.

Was kann Sie jetzt noch davon abhalten, Ihren Weg zielstrebig zu beschreiten, nachdem Sie alle nötigen Informationen zur Lösung Ihres Jobproblems zusammengetragen haben? Es mangelt sicher nicht an Gelegenheiten, denn die Welt ist ein Ort unendlichen, positiven Potentials. Es kann auch nicht an einem

Mangel an Talent liegen, denn Sie werden niemals etwas wünschen, was in Ihnen nicht bereits als Fähigkeit schlummert. Das könnten Sie gar nicht. Wäre Ihr Wunsch nicht ein Teil Ihres Repertoires, würden Sie gar nicht auf die Idee kommen.

Was also könnte Sie noch von Ihrem Weg abhalten? Lassen Sie sich nicht irritieren, wenn Sie immer noch zögern. Es gibt viele Menschen, die Angst vor dem Unbekannten haben. Und das ist es ja, worüber wir hier sprechen. Es ist eine Sache, mit Tatsachen und Wissen ausgerüstet zu sein, und eine andere, diese Informationen sinnvoll zu nutzen. Das erfordert Geduld und Ausdauer.

Viele von uns haben nicht die Art von Glauben, den man braucht, um unerschrocken seinen Weg zu gehen. Bis wir erkennen, daß unsere Anstrengungen belohnt werden, müssen wir kleine Schritte machen. Und indem wir Schritt für Schritt an Vertrauen und Selbstwertgefühl gewinnen, beschleunigen wir unser Tempo und unseren Fort-Schritt.

Eine der Lebenswahrheiten besteht darin, daß man, um etwas zu bekommen, zuerst geben muß. Und da das Geben dem Bekommen *VORANGEHEN* muß, besteht oft zwischen dem Säen und dem Ernten eine zeitliche Verzögerung. Es ist der Glaube, der es Ihnen ermöglicht, diese Durststrecke zu überstehen: der Glaube an das Universum, daß es Ihnen den Erfolg wünscht.

Wenn das, was ich Ihnen mitgeteilt habe, Sinn für Sie macht und Sie trotzdem immer noch Schwierigkeiten haben, den ersten Schritt zu tun, empfehle ich Ihnen, Bücher, Tonbänder, Profis und Freunde zu Rate zu ziehen, die Ihnen bei Ihren Ängsten helfen können. Es lohnt sich allemal, die nötige Zeit dafür aufzuwenden.

Wie ein weiser Mann einmal sagte: »Liebe heißt die Angst überwinden.« Er hat recht. Erfolg heißt ebenfalls die Angst überwinden. Und falls Sie nur noch einen kleinen Anstoß brauchen, um loszugehen, lassen Sie sich von folgenden Worten inspirieren:

Worte der Inspiration

»Es ist komisch mit dem Leben;
wenn man nur das Beste akzeptiert,
bekommt man es sehr oft.«
Somerset Maugham

»Die Zukunft gehört denen,
die an die Schönheit
ihrer Träume glauben.«
Eleanor Roosevelt

»Die größte Belohnung für die Mühe
ist nicht das, was einer dafür bekommt,
sondern das, was dadurch aus ihm wird.«
John Ruskin

»Weitergehen bedeutet immer Risiko;
man kann die zweite Stufe nicht erreichen und
dabei den Fuß auf der ersten lassen.«
Frederick Wilcox

»Eine Stunde des Lebens, die bis oben hin voll ist
von herrlichen Taten und wunderbaren Risiken,
ist Jahre des Einhaltens von schäbigen Regeln
wert, mit denen sich der Durchschnittsmensch
durchs Leben stiehlt wie schlammiges Wasser
durch den Sumpf – ohne Ehrerbietung und
Achtung.«
Sir Walter Scott

»Die Dinge kommen auch zu denen, die warten;
aber nur die Dinge, die die anderen,
die sich beeilen, übriglassen.«
Abraham Lincoln

»Nichts in der Welt kann Ausdauer ersetzen. Kein
Talent – nichts gibt es häufiger als erfolglose
Menschen mit Talent. Kein Genius – unentdecktes
Genie ist fast ein Sprichwort. Keine Ausbildung –
die Welt ist voll von ausgebildeten Obdachlosen.
Allein Ausdauer und Entschlossenheit zählen.«
Calvin Coolidge

»Menschen, die in dieser Welt vorwärtskommen,
stellen sich hin und halten nach den von ihnen
gewünschten Umständen Ausschau, und wenn sie
sie nicht finden können, schaffen sie sie.«
George Bernard Shaw

»Erfolg ist eine Reise und kein Ziel.«
Ben Sweetland

Sie tragen bereits alle Begabungen und Talente in sich,
die Sie für Ihren Erfolg brauchen. Sie müssen sie nur
erkennen, verfeinern, genießen und bereit sein, sie der
Welt zu zeigen.

WENN NICHT JETZT, WANN DANN?

Marstabellen

Die folgenden Tabellen zeigen die Daten an, an denen Mars in ein bestimmtes Zeichen tritt.

Sehen Sie unter Ihrem Geburts*JAHR* und *-TAG* nach.

Beispiel: Geburtstag 12. Januar 1900 = Steinbock
1. Januar–21. Januar 1900 = Steinbock

Wenn Ihr Geburtstag auf den Tag fällt, an dem Mars in ein bestimmtes Zeichen eintritt oder es verläßt (z. B. 1. Januar oder 21. Januar im obigen Beispiel), müssen Sie einen Astrologen befragen, um das richtige Zeichen zu bestimmen.

[1] Widder (kardinal)
[2] Stier (fest)
[3] Zwillinge (veränderlich)
[4] Krebs (kardinal)
[5] Löwe (fest)
[6] Jungfrau (veränderlich)
[7] Waage (kardinal)
[8] Skorpion (fest)
[9] Schütze (veränderlich)
[10] Steinbock (kardinal)
[11] Wassermann (fest)
[12] Fische (veränderlich)

1900

1/1–1/21 [10]
1/21–2/28 [11]
2/28–4/7 [12]
4/7–5/16 [1]
5/16–6/27 [2]
6/27–8/9 [3]
8/9–9/26 [4]
9/26–11/22 [5]
11/22–12/31 [6]

1901

1/1–3/1 [6]
3/1–5/10 [5]
5/10–7/13 [6]
7/13–8/31 [7]
8/31–10/14 [8]
10/14–11/23 [9]
11/23–12/31 [10]

1902

1/1–2/8 [11]
2/8–3/18 [12]
3/18–4/26 [1]
4/26–6/6 [2]
6/6–7/20 [3]
7/20–9/4 [4]
9/4–10/23 [5]
10/23–12/19 [6]
12/19–12/31 [7]

1903

1/1–4/19 [7]
4/19–5/30 [6]
5/30–8/6 [7]
8/6–9/22 [8]
9/22–11/2 [9]
11/2–12/11 [10]
12/11–12/31 [11]

1904

1/1–1/19 [11]
1/19–2/26 [12]
2/26–4/6 [1]
4/6–5/17 [2]
5/17–6/30 [3]
6/30–8/14 [4]
8/14–10/1 [5]
10/1–11/19 [6]
11/19–12/31 [7]

1905

1/1–1/13 [7]
1/13–8/21 [8]
8/21–10/7 [9]
10/7–11/17 [10]
11/17–12/27 [11]
12/27–12/31 [12]

1906

1/1–2/4 [12]
2/4–3/17 [1]
3/17–4/28 [2]
4/28–6/11 [3]
6/11–6/27 [4]
6/27–9/11 [5]
9/11–10/29 [6]
10/29–12/16 [7]
12/16–12/31 [8]

1907

1/1–2/5 [8]
2/5–4/1 [9]
4/1–10/13 [10]
10/13–11/28 [11]
11/28–12/31 [12]

1908

1/1–1/10 [12]
1/10–2/22 [1]
2/22–4/6 [2]
4/6–5/22 [3]
5/22–7/7 [4]
7/7–8/23 [5]
8/23–10/9 [6]
10/9–11/25 [7]
11/25–12/31 [8]

1909

1/1–1/9 [8]
1/9–2/23 [9]
2/23–4/9 [10]
4/9–5/25 [11]
5/25–7/20 [12]
7/20–9/26 [1]
9/26–11/20 [12]
11/20–12/31 [1]

1910

1/1–1/22 [1]
1/22–3/13 [2]
3/13–5/1 [3]
5/1–6/18 [4]
6/18–8/5 [5]
8/5–9/21 [6]
9/21–11/6 [7]
11/6–12/20 [8]
12/20–12/31 [9]

1911

1/1–1/31 [9]
1/31–3/13 [10]
3/13–4/22 [11]
4/22–6/2 [12]
6/2–7/15 [1]
7/15–9/5 [2]
9/5–11/29 [3]
11/29–12/31 [2]

1912

1/1–1/30 [2]
1/30–4/5 [3]
4/5–4/28 [4]
4/28–7/16 [5]
7/16–9/2 [6]
9/2–10/17 [7]
10/17–11/29 [8]
11/29–12/31 [9]

1913

1/1–1/10 [9]
1/10–2/18 [10]
2/18–3/29 [11]
3/29–5/7 [12]
5/7–6/16 [1]
6/16–7/29 [2]
7/29–9/15 [3]
9/15–12/31 [4]

1914

1/1–5/1 [4]
5/1–6/25 [5]
6/25–8/14 [6]
8/14–9/29 [7]
9/29–11/11 [8]
11/11–12/21 [9]
12/21–12/31 [10]

1915

1/1–1/29 [10]
1/29–3/9 [11]
3/9–4/16 [12]
4/16–5/25 [1]
5/25–7/5 [2]
7/5–8/19 [3]
8/19–10/7 [4]
10/7–12/31 [5]

1916

1/1–5/28 [5]
5/28–7/22 [6]
7/22–9/8 [7]
9/8–10/21 [8]
10/21–12/1 [9]
12/1–12/31 [10]

1917

1/1–1/9 [10]
1/9–2/16 [11]
2/16–3/26 [12]
3/26–5/4 [1]
5/4–6/14 [2]
6/14–7/27 [3]
7/27–9/12 [4]
9/12–11/2 [5]
11/2–12/31 [6]

1918

1/1–1/11 [6]
1/11–2/25 [7]
2/25–6/23 [6]
6/23–8/16 [7]
8/16–9/30 [8]
9/30–11/11 [9]
11/11–12/19 [10]
12/19–12/31 [11]

1919

1/1–1/27 [11]
1/27–3/6 [12]
3/6–4/14 [1]
4/14–5/26 [2]
5/26–7/8 [3]
7/8–8/22 [4]
8/22–10/9 [5]
10/9–11/30 [6]
11/30–12/31 [7]

1920

1/1–1/31 [7]
1/31–4/23 [8]
4/23–7/10 [7]
7/10–9/4 [8]
9/4–10/18 [9]
10/18–11/27 [10]
11/27–12/31 [11]

1921

1/1–1/4 [11]
1/4–2/12 [12]
2/12–3/24 [1]
3/24–5/5 [2]
5/5–6/18 [3]
6/18–8/2 [4]
8/2–9/19 [5]
9/19–11/6 [6]
11/6–12/26 [7]
12/26–12/31 [8]

1922

1/1–2/18 [8]
2/18–9/13 [9]
9/13–10/30 [10]
10/30–12/11 [11]
12/11–12/31 [12]

1923

1/1–1/21 [12]
1/21–3/3 [1]
3/3–4/15 [2]
4/15–5/30 [3]
5/30–7/15 [4]
7/15–8/31 [5]
8/31–10/17 [6]
10/17–12/3 [7]
12/3–12/31 [8]

1924

1/1–1/19 [8]
1/19–3/6 [9]
3/6–4/24 [10]
4/24–6/24 [11]
6/24–8/24 [12]
8/24–10/19 [11]
10/19–12/19 [12]
12/19–12/31 [1]

1925

1/1–2/5 [1]
2/5–3/23 [2]
3/23–5/9 [3]
5/9–6/26 [4]
6/26–8/12 [5]
8/12–9/28 [6]
9/28–11/13 [7]
11/13–12/27 [8]
12/27–12/31 [9]

1926

1/1–2/8 [9]
2/8–3/22 [10]
3/22–5/3 [11]
5/3–6/14 [12]
6/14–8/1 [1]
8/1–12/31 [2]

1927

1/1–2/21 [2]
2/21–4/16 [3]
4/16–6/6 [4]
6/6–7/24 [5]
7/24–9/10 [6]
9/10–10/25 [7]
10/25–12/8 [8]
12/8–12/31 [9]

1928

1/1–1/18 [9]
1/18–2/27 [10]
2/27–4/7 [11]
4/7–5/16 [12]
5/16–6/26 [1]
6/26–8/8 [2]
8/8–10/2 [3]
10/2–12/19 [4]
12/19–12/31]5]

1929

1/1–3/10 [3]
3/10–5/12 [4]
5/12–7/4 [5]
7/4–8/21 [6]
8/21–10/6 [7]
10/6–11/18 [8]
11/18–12/29 [9]
12/29–12/31 [10]

1930

1/1–2/6 [10]
2/6–3/16 [11]
3/16–4/24 [12]
4/24–6/2 [1]
6/2–7/14 [2]
7/14–8/28 [3]
8/28–10/20 [4]
10/20–12/31 [5]

1931

1/1–2/16 [5]
2/16–3/30 [4]
3/30–6/10 [5]
6/10–8/1 [6]
8/1–9/17 [7]
9/17–10/30 [8]
10/30–12/9 [9]
12/9–12/31 [10]

1932

1/1–1/17 [10]
1/17–2/24 [11]
2/24–4/2 [12]
4/2–5/12 [1]
5/12–6/22 [2]
6/22–8/5 [3]
8/5–9/20 [4]
9/20–11/13 [5]
11/13–12/31 [6]

1933

1/1–7/6 [6]
7/6–8/25 [7]
8/25–10/9 [8]
10/9–11/18 [9]
11/18–12/27 [10]
12/27–12/31 [11]

1934

1/1–2/3 [11]
2/3–3/13 [12]
3/13–4/22 [1]
4/22–6/2 [2]
6/2–7/15 [3]
7/15–8/30 [4]
8/30–10/17 [5]
10/17–12/12 [6]
12/12–12/31 [7]

1935

1/1–7/29 [7]
7/29–9/16 [8]
9/16–10/28 [9]
10/28–12/6 [10]
12/6–12/31 [11]

1936

1/1–1/14 [11]
1/14–2/21 [12]
2/21–4/1 [1]
4/1–5/13 [2]
5/13–6/25 [3]
6/25–8/10 [4]
8/10–9/26 [5]
9/26–11/14 [6]
11/14–12/31 [7]

1937

1/1–1/6 [7]
1/6–3/12 [8]
3/12–5/14 [9]
5/14–8/8 [8]
8/8–9/30 [9]
9/30–11/11 [10]
11/11–12/21 [11]
12/21–12/31 [12]

1938

1/1–1/30 [12]
1/30–3/11 [1]
3/11–4/23 [2]
4/23–6/6 [3]
6/6–7/22 [4]
7/22–9/7 [5]
9/7–10/24 [6]
10/24–12/11 [7]
12/11–12/31 [8]

1939

1/1–1/29 [8]
1/29–3/20 [9]
3/20–5/24 [10]
5/24–7/21 [11]
7/21–9/23 [10]
9/23–11/19 [11]
11/19–12/31 [12]

1940

1/1–1/3 [12]
1/3–2/16 [1]
2/16–4/1 [2]
4/1–5/17 [3]
5/17–7/3 [4]
7/3–8/19 [5]
8/19–10/5 [6]
10/5–11/20 [7]
11/20–12/31 [8]

1941

1/1–1/4 [8]
1/4–2/17 [9]
2/17–4/2 [10]
4/2–5/15 [11]
5/15–7/1 [12]
7/1–12/31 [1]

1942

1/1–1/11 [1]
1/11–3/6 [2]
3/6–4/25 [3]
4/25–6/13 [4]
6/13–7/31 [5]
7/31–9/17 [6]
9/17–11/1 [7]
11/1–12/15 [8]
12/15–12/31 [9]

1943

1/1–1/27 [9]
1/27–3/8 [10]
3/8–4/17 [11]
4/17–5/26 [12]
5/26–7/7 [1]
7/7–8/23 [2]
8/23–12/31 [3]

1944

1/1–3/28 [3]
3/28–5/22 [4]
5/22–7/11 [5]
7/11–8/28 [6]
8/28–10/13 [7]
10/13–11/25 [8]
11/25–12/31 [9]

1945

1/1–1/5 [9]
1/5–2/14 [10]
2/14–3/24 [11]
3/24–5/2 [12]
5/2–6/11 [1]
6/11–7/23 [2]
7/23–9/7 [3]
9/7–11/11 [4]
11/11–12/26 [5]
12/26–12/31 [4]

1946

1/1–4/22 [4]
4/22–6/20 [5]
6/20–8/9 [6]
8/9–9/24 [7]
9/24–11/6 [8]
11/6–12/17 [9]
12/17–12/31 [10]

1947

1/1–1/25 [10]
1/25–3/4 [11]
3/4–4/11 [12]
4/11–5/20 [1]
5/20–6/30 [2]
6/30–8/13 [3]
8/13–9/30 [4]
9/30–12/1 [5]
12/1–12/31 [6]

1948

1/1–2/12 [6]
2/12–5/18 [5]
5/18–7/16 [6]
7/16–9/3 [7]
9/3–10/16 [8]
10/16–11/26 [9]
11/26–12/31 [10]

1949

1/1–1/4 [10]
1/4–2/11 [11]
2/11–3/21 [12]
3/21–4/29 [1]
4/29–6/9 [2]
6/9–7/22 [3]
7/22–9/6 [4]
9/6–10/26 [5]
10/26–12/25 [6]
12/25–12/31 [7]

1950

1/1–3/28 [7]
3/28–6/11 [6]
6/11–8/10 [7]
8/10–9/25 [8]
9/25–11/5 [9]
11/5–12/14 [10]
12/14–12/31 [11]

1951

1/1–1/22 [11]
1/22–3/1 [12]
3/1–4/10 [1]
4/10–5/21 [2]
5/21–7/3 [3]
7/3–8/18 [4]
8/18–10/4 [5]
10/4–11/23 [6]
11/23–12/31 [7]

1952

1/1–1/19 [7]
1/19–8/27 [8]
8/27–10/11 [9]
10/11–11/21 [10]
11/21–12/10 [11]
12/10–12/31 [12]

1953

1/1–2/7 [12]
2/7–3/19 [1]
3/19–4/30 [2]
4/30–6/13 [3]
6/13–7/29 [4]
7/29–9/14 [5]
9/14–11/1 [6]
11/1–12/20 [7]
12/20–12/31 [8]

1954

1/1–2/9 [8]
2/9–4/12 [9]
4/12–7/2 [10]
7/2–8/24 [9]
8/24–10/21 [10]
10/21–12/3 [11]
12/3–12/31 [12]

1955

1/1–1/14 [12]
1/14–2/26 [1]
2/26–4/10 [2]
4/10–5/25 [3]
5/25–7/11 [4]
7/11–8/27 [5]
8/27–10/13 [6]
10/13–11/28 [7]
11/28–12/31 [8]

1956

1/1–1/13 [8]
1/13–2/28 [9]
2/28–4/14 [10]
4/14–6/2 [11]
6/2–12/6 [12]
12/6–12/31 [1]

1957

1/1–1/28 [1]
1/28–3/17 [2]
3/17–5/4 [3]
5/4–6/21 [4]
6/21–8/7 [5]
8/7–9/23 [6]
9/23–11/8 [7]
11/8–12/22 [8]
12/22–12/31 [9]

1958

1/1–2/3 [9]
2/3–3/16 [10]
3/16–4/26 [11]
4/26–6/6 [12]
6/6–7/20 [1]
7/20–9/21 [2]
9/21–10/28 [3]
10/28–12/31 [2]

1959

1/1–2/10 [2]
2/10–4/10 [3]
4/10–5/31 [4]
5/31–7/20 [5]
7/20–9/5 [6]
9/5–10/21 [7]
10/21–12/3 [8]
12/3–12/31 [9]

1960

1/1–1/13 [9]
1/13–2/22 [10]
2/22–4/1 [11]
4/1–5/10 [12]
5/10–6/19 [1]
6/19–8/1 [2]
8/1–9/20 [3]
9/20–12/31 [4]

1961

1/1–5/5 [4]
5/5–6/28 [5]
6/28–8/16 [6]
8/16–10/1 [7]
10/1–11/13 [8]
11/13–12/24 [9]
12/24–12/31 [10]

1962

1/1–2/1 [10]
2/1–3/11 [11]
3/11–4/19 [12]
4/19–5/28 [1]
5/28–7/8 [2]
7/8–8/22 [3]
8/22–10/11 [4]
10/11–12/31 [5]

1963

1/1–6/2 [6]
6/2–9/12 [7]
9/12–10/25 [8]
10/25–12/5 [9]
12/5–12/31 [10]

1964

1/1–1/12 [10]
1/12–2/19 [11]
2/19–3/29 [12]
3/29–5/7 [1]
5/7–6/17 [2]
6/17–7/30 [3]
7/30–9/14 [4]
9/14–11/5 [5]
11/5–12/31 [6]

1965

1/1–6/28 [6]
6/28–8/20 [7]
8/20–10/3 [8]
10/3–11/13 [9]
11/13–12/22 [10]
12/22–12/31 [11]

1966

1/1–1/29 [11]
1/29–3/9 [12]
3/9–4/17 [1]
4/17–5/28 [2]
5/28–7/10 [3]
7/10–8/25 [4]
8/25–10/12 [5]
10/12–12/3 [6]
12/3–12/31 [7]

1967

1/1–2/12 [7]
2/12–3/30 [8]
3/30–7/19 [7]
7/19–9/9 [8]
9/9–10/22 [9]
10/22–12/1 [10]
12/1–12/31 [11]

1968

1/1–1/9 [11]
1/9–2/16 [12]
2/16–3/27 [1]
3/27–5/8 [2]
5/8–6/20 [3]
6/20–8/5 [4]
8/5–9/21 [5]
9/21–11/8 [6]
11/8–12/29 [7]
12/29–12/31 [8]

1969

1/1–2/24 [8]
2/24–9/20 [9]
9/20–11/4 [10]
11/4–12/15 [11]
12/15–12/31 [12]

1970

1/1–1/24 [12]
1/24–3/6 [1]
3/6–4/18 [2]
4/18–6/1 [3]
6/1–7/17 [4]
7/17–9/2 [5]
9/2–10/20 [6]
10/20–12/6 [7]
12/6–12/31 [8]

1971

1/1–1/22 [8]
1/22–3/11 [9]
3/11–5/3 [10]
5/3–11/6 [11]
11/6–12/26 [12]
12/26–12/31 [1]

1972

1/1–2/10 [1]
2/10–3/26 [2]
3/26–5/12 [3]
5/12–6/28 [4]
6/28–8/14 [5]
8/14–9/30 [6]
9/30–11/15 [7]
11/15–12/30 [8]
12/30–12/31 [9]

1973

1/1–2/11 [9]
2/11–3/26 [10]
3/26–5/7 [11]
5/7–6/20 [12]
6/20–8/12 [1]
8/12–10/29 [2]
10/29–12/24 [1]
12/24–12/31 [2]

1974

1/1–2/27 [2]
2/27–4/19 [3]
4/19–6/8 [4]
6/8–7/27 [5]
7/27–9/12 [6]
9/12–10/27 [7]
10/27–12/10 [8]
12/10–12/31 [9]

1975

1/1–1/21 [9]
1/21–3/2 [10]
3/2–4/11 [11]
4/11–5/20 [12]
5/20–6/30 [1]
6/30–8/14 [2]
8/14–10/17 [3]
10/17–11/25 [4]
11/25–12/31 [3]

1976

1/1–3/18 [3]
3/18–5/16 [4]
5/16–7/6 [5]
7/6–8/23 [6]
8/23–10/8 [7]
10/8–11/20 [8]
11/20–12/31 [9]

1977

1/1–2/9 [10]
2/9–3/19 [11]
3/19–4/27 [12]
4/27–6/5 [1]
6/5–7/17 [2]
7/17–8/31 [3]
8/31–10/26 [4]
10/26–12/31 [5]

1978

1/1–1/25 [5]
1/25–4/10 [4]
4/10–6/13 [5]
6/13–8/4 [6]
8/4–9/19 [7]
9/19–11/1 [8]
11/1–12/12 [9]
12/12–12/31 [10]

1979

1/1–1/20 [10]
1/20–2/27 [11]
2/27–4/6 [12]
4/6–5/15 [1]
5/15–6/25 [2]
6/25–8/8 [3]
8/8–9/24 [4]
9/24–11/19 [5]
11/19–12/31 [6]

1980

1/1–3/11 [6]
3/11–5/3 [5]
5/3–7/10 [6]
7/10–8/28 [7]
8/28–10/11 [8]
10/11–11/21 [9]
11/21–12/30 [10]
12/30–12/31 [11]

1981

1/1–2/6 [11]
2/6–3/16 [12]
3/16–4/24 [1]
4/24–6/4 [2]
6/4–7/18 [3]
7/18–9/1 [4]
9/1–10/20 [5]
10/20–12/15 [6]
12/15–12/31 [7]

1982

1/1–8/3 [7]
8/3–9/19 [8]
9/19–10/31 [9]
10/31–12/9 [10]
12/9–12/31 [11]

1983

1/1–1/17 [11]
1/17–2/24 [12]
2/24–4/5 [1]
4/5–5/16 [2]
5/16–6/28 [3]
6/28–8/13 [4]
8/13–9/29 [5]
9/29–11/18 [6]
11/18–12/31 [7]

1984

1/1–1/10 [7]
1/10–8/17 [8]
8/17–10/4 [9]
10/4–11/15 [10]
11/15–12/24 [11]
12/24–12/31 [12]

1985

1/1–2/2 [12]
2/2–3/14 [1]
3/14–4/26 [2]
4/26–6/9 [3]
6/9–7/24 [4]
7/24–9/9 [5]
9/9–10/27 [6]
10/27–12/14 [7]
12/14–12/31 [8]

1986

1/1–2/1 [8]
2/1–3/27 [9]
3/27–10/8 [10]
10/8–11/25 [11]
11/25–12/31 [12]

1987

1/1–1/8 [12]
1/8–2/20 [1]
2/20–4/5 [2]
4/5–5/20 [3]
5/20–7/6 [4]
7/6–8/22 [5]
8/22–10/8 [6]
10/8–11/23 [7]
11/23–12/31 [8]

1988

1/1–1/8 [8]
1/8–2/22 [9]
2/22–4/6 [10]
4/6–5/21 [11]
5/21–7/13 [12]
7/13–10/23 [1]
10/23–10/31 [12]
10/31–12/31 [1]

1989

1/1–1/18 [1]
1/18–3/11 [2]
3/11–4/28 [3]
4/28–6/16 [4]
6/16–8/3 [5]
8/3–9/19 [6]
9/19–11/3 [7]
11/3–12/17 [8]
12/17–12/31 [9]

1990

1/1–1/29 [9]
1/29–3/11 [10]
3/11–4/20 [11]
4/20–5/30 [12]
5/30–7/12 [1]
7/12–8/31 [2]
8/31–12/13 [3]
12/13–12/31 [4]

1991

1/1–1/20 [2]
1/20–4/2 [3]
4/2–5/26 [4]
5/26–7/15 [5]
7/15–8/31 [6]
8/31–10/16 [7]
10/16–11/28 [8]
11/28–12/31 [9]

1992

1/1–1/9 [9]
1/9–2/17 [10]
2/17–3/27 [11]
3/27–5/5 [12]
5/5–6/14 [1]
6/14–7/26 [2]
7/26–9/11 [3]
9/11–4/27 [4]
4/27–6/22 [5]
6/22–8/11 [6]
8/11–9/26 [7]
9/26–11/8 [8]
11/8–12/19 [9]
12/19–12/31 [10]

1993

1/1–4/27 [4]
4/27–6/22 [5]
6/22–8/11 [6]
8/11–9/26 [7]
9/26–11/8 [8]
11/8–12/19 [9]
12/19–12/31 [10]

1994

1/1–1/27 [10]
1/27–3/7 [11]
3/7–4/14 [12]
4/14–5/23 [1]
5/23–7/3 [2]
7/3–8/16 [3]
8/16–10/4 [4]
10/4–12/12 [5]
12/12–12/31 [6]

1995

1/1–1/22 [6]
1/22–5/25 [5]
5/25–7/21 [6]
7/21–9/6 [7]
9/6–10/20 [8]
10/20–11/30 [9]
11/30–12/31 [10]

1996

1/1–1/8 [10]
1/8–2/15 [11]
2/15–3/24 [12]
3/24–5/2 [1]
5/2–6/12 [2]
6/12–7/25 [3]
7/25–9/9 [4]
9/9–10/29 [5]
10/29–12/31 [6]

1997

1/1–1/3 [6]
1/3–3/8 [7]
3/8–6/19 [6]
6/19–8/14 [7]
8/14–9/28 [8]
9/28–11/8 [9]
11/8–12/17 [10]
12/17–12/31 [11]

1998

1/1–1/25 [11]
1/25–3/4 [12]
3/4–4/12 [1]
4/12–5/23 [2]
5/23–7/6 [3]
7/6–8/20 [4]
8/20–10/7 [5]
10/7–11/27 [6]
11/27–12/31 [7]

1999

1/1–1/26 [7]
1/26–5/5 [8]
5/5–7/4 [7]
7/4–9/2 [8]
9/2–10/16 [9]
10/16–11/25 [10]
11/25–12/31 [11]

2000

1/1–1/3 [11]
1/3–2/11 [12]
2/11–3/22 [1]
3/22–5/3 [2]
5/3–6/16 [3]
6/16–7/31 [4]
7/31–9/16 [5]
9/16–11/3 [6]
11/3–12/23 [7]
12/23–12/31 [8]